KB186778

온전히 살기 위해
버텨 온 날들
그 안에 먹먹히 절은
삶의 풍경들
잊고 있던 서정의 맛을
다시 읽는다

# 눈물은 왜 짠가

눈물은 왜 짠가

초판 1쇄 발행 | 2014년 2월 19일
초판 6쇄 발행 | 2015년 12월 30일

지은이 | 함민복
펴낸이 | 이희철
기획편집 | 조일동
마케팅 | 임종호
본문 디자인 | 서진원
본문 일러스트 | 김홍
펴낸곳 | 책이있는풍경
등록 | 제313-2004-00243호(2004년 10월 19일)
주소 | 서울시 마포구 월드컵로31길 62 1층
전화 | 02-394-7830(대)
팩스 | 02-394-7832
이메일 | chekpoong@naver.com
홈페이지 | www.chaekpung.com

ISBN 978-89-93616-35-4 03180

* 값은 뒤표지에 표기되어 있습니다.
* 잘못된 책은 바꾸어 드립니다.

이 도서의 국립중앙도서관 출판시도서목록(CIP)은 서지정보유통지원시스템 홈페이지(http://seoji.nl.go.kr)와 국가자료공동목록시스템(http://www.nl.go.kr/kolisnet)에서 이용하실 수 있습니다.(CIP제어번호: CIP2014000207)

# 눈물은 왜 짠가

함민복 산문집

책/이/있/는/풍/경

나는 국물을 그만 따르시라고 내 투가리로 어머니 투가리를 툭, 부딪쳤습니다 순간 투가리가 부딪히며 내는 소리가 왜 그렇게 서럽게 들리던지 나는 울컥 치받치는 감정을 억제하려고 설렁탕에 만 밥과 깍두기를 마구 씹어 댔습니다 그러자 주인아저씨는 우리 모자가 미안한 마음 안 느끼게 조심, 다가와 성냥갑만 한 깍두기 한 접시를 놓고 돌아서는 거였습니다 일순, 나는 참고 있던 눈물을 찔끔 흘리고 말았습니다

"이 기사하고 같이 만년필하고 연필을 샀어. 좋은 시 많이 써." 나는 공장장과 이 기사와 공장 건물을 뒤돌아보며 무거운 발길을 옮겼다. '좋은 시는 당신들이 내 가슴에 이미 다 써 놓았잖아요. 시인이야 종이에 시를 써 시집을 엮지만, 당신들은 시인의 가슴에 시를 쓰니 진정 시인은 당신들이 아닌가요. 당신들이 만든 착유기가 깨끗한 소젖을 짜 세상 사람들을 건강하게 만들 거예요.'

# 차례

## 그날 나는 슬픔도 배불렀다



## 자연의 청문회

# 제비야
# 네가
# 옳다

# 선천성 그리움

사람 그리워 당신을 품에 안았더니
당신의 심장은 나의 오른쪽 가슴에서 뛰고
끝내 심장을 포갤 수 없는
우리 선천성 그리움이여
하늘과 땅 사이를
날아오르는 새떼여
내리치는 번개여

# 바다 쪽으로 한 뼘 더

1

혼자 살면서, 혼자 밥을 해 먹으면서 소금을 참 많이 먹는다는 사실을 깨달았다. 하루 동안 먹기 위해 국 한 냄비를 끓여 놓으려면 소금이 한 숟가락 반 정도 필요했다. 혼자 밥을 더 오래 해 먹으면 나무가 될 것 같다.

2

아침이 되면 여덟 종류의 조류 울음소리가 들려온다. 그중 수컷의 울음소리임을 알 수 있는 소리는 다섯 집에서 기르는 닭 울음소리뿐이다. 교회에서 기르는 조그만 화초닭도 울어 대는데 그 울음소리가 암탉이 수탉 울음소리를 흉내 내는 것처럼 좀 어설프다. 시원스럽지 못하다. "닭 울음소리는 흡사 문전의 버들가지처럼 휘었구나."라고 노래한 충선왕의 시구가 떠오른다. 바닷가로 가는 밭두렁 길엔 수꽃임을 알 수 있는 옥수수 꽃이 하얀 눈에 젖어 있다. 붉은 열매 매단 찔레 대궁은 겁 없이 벌써 붉다.

3

조선시대 지도를 보면 마니산은 섬이었다. 동막 곶부리에서 개뻘밭 길로 십여 리를 걸어나가면서 보면, 마니산은 미루지 곶부리를 머리로 한 거대한 용처럼 보인다. 그런데 분오리 포구에서 배를 타고 장봉도 앞으로 가며 보는 마니산은 동막 곶부리를 머리로 하고 서해를 박차 오르는 거대한 봉황처럼 보이기도 한다. 벼룩신문을 보고 집을 고르는 시대와 산세를 보고 집을 짓던 시대의 차이.

4

야(새내기 뱃사람을 가리키며), 뱃놈! 키 좀 잡아 봐! 나도 한잔하게. 나 아직 안 뱄어. 야, 그럼 덜 뱃놈. 빨리 키 좀 잡아 보라니까. 추워 죽겠다. 뜸집(거룻배 위에 비를 피하게 지은 집) 유리창엔 김이 서려 있다. 신 김장김치와 망둥이를 넣고 끓인 매운탕으로 몸을 녹이는 사내들의 검게 탄 얼굴이 태양보다 먼저 붉게 떠오른다. 서해 바닷가 사람들의 가장(家長)은 달(月)이다. 입항, 출항은 물론 모든 일을 물때에 맞춰 결정한다. 큰 목선 두 척을 앞에 묶고 그 뒤에 매단 선외기와 너벅선 여섯 척이 물살을 가른다. 적진으로 진격하는 선두 배에 왜구들 머리 수십을 베어 걸었다는 이순신 장군을 생각하며, 됫병에서 따라 주는 소주를 털어 넣는다. 물살이 몸에 익은 뱃사람들은 닻줄 매듭을 잘 묶고 잘 푼다.

5

이곳에서 망둥이는 주요 반찬이다. 한평생 먹어도 먹어도 물리지 않는다고 칭송한다. 망둥이 찜, 망둥이 간장 조림, 망둥이 회 등이 밥상에 자주 오른다. 망둥이 살 중에는 볼따구니 살이 제일 맛있다고, 이곳에 와서 산 지 사 년째 접어들어서야 단비 아빠가 넌지시 일러줬다. 살아 있는 한 호흡을 해야 하니까 계속 움직여야 하는 아가미 근육 살이 제일 쫄깃쫄깃하고 맛있다고 했다.

6

내가 죽으면 내 영혼의 어느 부위가 제일 맛있을까?

7

동네 청년 십여 명이 모여 옻닭을 삶아 먹었다. 팔팔 끓는 옻닭 국물은 신기하게도 뜨겁지 않았다. 내장에 옻칠이 되면 위가 좋아진다고 노란 옻 국물을 훌훌 마신다. 옻이 올라 보건소에 가 주사 두 대를 맞고 약 사흘 치를 지었다. 의료보험증이 있으면 구백 원인데 없으니까 삼천 원을 내라고 했다. 옻나무가 된 것일까. 죽은 옻나무의 옻이 몸에 들어와 보름을 머문다. 어떤 음식을 먹으면서 그 음식이 몸으로 들어와 몸에 흡수되지 않고 그대로 남기를 간절히 바라며 먹어 본 음식이 또 있었을까.

8

벽 밖에서 못 박을 위치를 잡기 위해 망치로 벽을 두드린다. 아니, 그쪽 말고 바다 쪽으로 한 뼘 더…… 기준을 바다로 삼는 이곳 사내들처럼, 나도 바다 쪽으로 한 뼘 더 나아가 시를 좀더 짧게 쓸 수 있었으면 좋겠다.

# 천둥소리

소리에 어른이신 저 큰 말씀
무슨 뜻인지 모르겠네
그래 살아 있네

강화도에 육백 밀리미터의 비가 내렸다. 내가 살고 있는 집은 양철 지붕이라 소리가 더 요란했다. 전깃불도 잠도 끊겼다. 천둥소리. 빗소리. 담배라도 한 개비 피워 물고 싶었지만 꽁초마저 동나 있었다. 자정 무렵과 세 시쯤에는 비가 폭포처럼 쏟아졌다. 그 엄청난 소리의 세례.

산속에서 백오십여 마리 개를 길렀다. 한 우리에 개들을 풀어 놓으니까 개들은 잘 짖지 않았다. 인근 군견 부대 수색견이 훈련 차 농장을 지나칠 때는 험하게 짖기도 했으나, 산길을 올라오는 동네 사람이나 여호와증인을 보고는 본체만체 자기들끼리의 유희에 여념이 없었다. 가끔 개들이 산골이 떠나가도록 짖기도 했다. 군용 헬리콥터가 요란한 소리를 내며 날아갈 때다. 물체는 보이지 않고, 소리는 위에서 아래로 쏟아지고. 개들은 사방을 향해 짖어 댔다.

요즘 강화도에서 들을 만한 소리는 기러기 소리다. 하늘에서 나무대문 열리는 소리가 나 나가 보면 수십, 수백 마리 기러기가 하늘에 글자를 쓰며 날아간다. 살아 우는 글자. 장관이다.

담배를 사러 이웃 동네에 가려면 덕고개를 넘어야 한다. 고개를 넘다가 뻐꾸기 울음소리에 놀란 지난봄. 고개를 넘어 한참 걸어가서도 뻐꾸기 울음소리가 들렸다. 뻐꾹! 고개를 사이에 두고 양 동네에서 다 들리다니. 뻐꾸기 울음소리는 도대체 얼마나 큰 것인가. 산의 몇 갑절 아닌가.

제일 큰 소리, 제일 높은 곳에서 나는 소리, 천둥소리를 듣고 있다가 생각했다. 이 소리의 정체는 무엇인가. 입은 어디 있는가. 분명 우주의 질서에 필요한 소리일 텐데 무슨 뜻인가. 저 큰 말씀도 못 알아들으면서…… 아니, 내가 세상에 나 옳게 알아들은 소리 몇 소절이나 될 것인가!

# 어머니의 의술

어머니는 썩은새 짚불을

부엌 바닥에 피우고

두드러기 돋아 온몸 가려운

나를 발가벗기셨다

몸에 소금을 뿌리며

빗자루로 짚 연기를 찍어 바르며

중도 고기 먹나

중도 고기 먹나

어디서 배우셨는지
주술을 외셨다

삭풍에 아까시나무 마른 열매
프르르륵 흔들리는 소리 들려오고

수수빗자루
까끌까끌

아직도 처방 중인
먼먼 촉감의 세례

보일러 기름이 떨어져 나무를 땐다. 여름 큰 바람에 쓰러진 아까시나무를 뒷산에서 잘라 온다. 구들이 다 식기 전에 불을 때야 나무가 적게 든다. 불을 다 때고 수수빗자루로 나무 삭정이를 쓸어 넣고 아궁이를 벽돌로 틀어막는다.

이사 오던 해에 맨 수수빗자루가 뭉툭 닳았다. 헛간에 말려 놓은 수숫대가 있어 매 보았는데 영 모양이 신통치 않았다. 수수빗자루에 앉은 먼지도 제거하고 물기도 축일 겸 수돗가 바닥에 놓고 물을 뿌렸다. 돼지 멱을 딴 것보다 더 많은 핏빛 물이 흘렀다.

살아 하늘을 쓸더니, 죽어 땅을 쓰는 수수빗자루.
내 몸도 쓸어 주어, 내 몸이 기억하는 최고의 촉감!

# 푸덕이는 숭어
# 한 지게 짊어지고

승준 씨가 왔다. 새벽에 마니산 정상 부근에서 따온 두릅을 데쳐 아침 겸 이른 점심을 먹을까 하고 있었다.

"바쁘지 않으면 바다에 좀 같이 나갈 수 있으까? 파도가 높아 배 못 띄웠시다."

나는 덜 걷힌 전날의 숙취와 두 시간 걸리는 마니산 산행으로 몸이 가볍지 않았지만 승준 씨를 따라나섰다. 어제 승준 씨가 일 킬로미터는 족히 되는 건강망(여러 개의 말뚝을 박고 거기에 긴 그물을 쳐 놓아 썰물에 물이 빠지면 고기가 걸리는 그물)을 쳐 놓았다는 사실을 나는 알고 있었으며, 처음으로 물손(그물에 걸린 고기를 털고 그물을 다시 손질하여 두는 일) 보러 가는 어부의 마음을 헤아린 결단이었다. 결단이란 말을 쓸 수 있을 만큼, 개펄 길 왕복 이십 리에 물손 보는 왕복 오 리까지 더하면 두 시간 반이나 걸리는 길은, 몸이 가벼울 때도 만만치 않은 길이다.

바람이 셌다. 귀가 시렸다. 승준 씨 말을 듣고 장화를 신은 건 잘한 일이다. 나는 개펄 길을 걸을 때 발가락 사이로 미끈덩 삐져나오는 개펄의 감촉이 좋아 맨발로 들어오려고 했으나 승준 씨가 맨발로 가기에는 아직 이르다며 개펄 장화를 빌려 주었다. 크기 조절 끈을 최대로 줄이고 모자를 푹 눌러 써 귀를 가렸다.

개펄 길은 겨우내 사람들이 다니지 않아 푹푹 빠져 걷기가 힘들었다. 거기다가 승준 씨도 근래에는 배로만 다녀서 그렇다며 길을 잃어 먹기도 했다. 나도 미루지 포구에서 들어가는 개펄 길은 처음이었다. 개펄에도 사람들이 자주 다니며 다져진 길이 있다. 개펄에서 길을 잃는다는 것은 심각한 사고다. 길이 아닌 곳에서는 개펄이 허벅지까지 빠져 쉽게 지쳐 버린다. 밀물 시간이 되어 물이 뒤따라오고 그렇게 십 리를 허둥지둥 쫓기며 걸어와야 하는 상황은 상상만 해도 아찔하다. 물살이 세고 빠른 사릿발이라면 더 끔직한 일이다.

중펄을 넘어서니 개펄에 적응도 되고 길도 조금은 딱딱해졌다. 종아리까지 빠지다 발목까지만 빠져 걷기가 거저먹는 거나 다름없었다. 나는 대개 그쯤에서 뒤돌아 마니산 보기를 즐겼으나 뒤돌아보지 않았다. 중펄쯤 들어가 마니산을 보면 옛사람들이 왜 마니산을 신성시했을까 알 듯했다. 미루지 곶부리를 머리로, 동막 곶부리를 앞발로, 분오리 곶부리를 꼬리로 하고 서해를 치고 나가는 용의 형상으로 보이는 마니산은 신령스럽고 힘차다.

그러나 나는 뒤돌아보지 않았다. 아직 더 가야 할 그물까지 길은 까마득 먼데, 지금까지 나온 아득한 길을 되돌아 나가야 하는 수밖에 없다는 사실을 절감하고 싶지 않아서였다. 그물은 가물가물 멀기만 했다. 그래도 그물의 양끝과 중앙에 세운 입성이라 부르는 깃발을 보며 걷고 또 걸었다.

멈춰 섰다. 등을 돌려 바람을 등지고 손바닥으로 바람벽을 만들어 담뱃불을 달렸다. 순간 나는 나무처럼 지구를 신고 있다는 생각이 들었다. 지구에 꽂혀 있는 나. 천팔백만 평, 여의도 면적의 스무 배나 되는 개펄밭에 보이는 사람은 나와 승준 씨 둘뿐이다. 서쪽과 동쪽으로는 끝이 보이지 않는 지평선이다. 바닷바람이 못에 걸린 천 갈라지듯, 내 몸에 걸려 후르르륵 갈라진다. 바람이 내 몸을 읽는 맨 소리를 이곳이 아니면 어디에서 순수하게 들을 수 있을까. 나무처럼 서서 팔을 벌려 본다. 바람에 담배 불씨가 툭 튀어 나간다. 담뱃불을 다시 붙이려다가 바람에 벗겨지는 모자를 겨우 움켜잡고 길을 재촉한다.

그물이 가까워지자 내가 멈춰 선 것도 모르고 있는 승준 씨 걸음이 빨라진다. 양다리를 교대로 지구에 꽂았다 뽑으며 내게서 멀어진다.

작년 가을엔 이곳 개펄에서 낙지 잡던 주민이 죽기도 했다. 갑자기 기온이 떨어진 날이었다. 낙지 구멍에 손을 넣고 힘을 쓰다가 혈압이 올라 죽었다고 한다. 또 몇 년 전에는 아주머니가 물밀려 오는 것도 잊고 조개를 잡다가 지대가 낮은 갯골로 먼저 밀려들어 온 물에 에워싸여 죽기도 했다. 죽어 그물에 걸린 아주머니의 허리에는 조개 잡으며 끌고 다니던 고무박이 매달려 있었다고 한다.

체력이 떨어지자 죽음에 대한 기억들이 삐죽삐죽 돋아났다. 나는 생각들을 떨쳐 버리려고 승준 씨를 향해 내닫기 시작했다.

첫 물손 치고 생각보다 고기가 많이 들었다고, 어제 그물만 급히 매지 않았다면 더 많은 고기가 들었을 것이라며 승준 씨가 좋아했다. 가운데 방에 든 고기를 털고 그물의 밑바닥을 점검하며 나간다. 얕은 물에 걸려 있던 숭어가 푸덕거린다. 둘이 협력해 황급히 그물 망태기에 잡아넣는다. 군데군데 그물이 뜬 곳을 미리 개펄에 박아 놓았던 끈(한 사리 전에 짚 뭉치를 끈으로 묶어 두 가닥 줄을 빼놓고 개펄에 쑤셔박는다. 개펄이 다져지며 짚 뭉치를 물어 힘껏 당겨도 빠지지 않는다. 이를 짚 쐐기 박는다고 한다)으로 잡아 맨다.

횟감이 될 만한 산 숭어를 별도로 챙겨 물웅덩이에 담가 놓고 죽은 숭어, 전어, 망둥이, 가재 등을 분리해 갈매기가 못 먹게 갈무리해 놓는다. 그물을 왕복하며 이 킬로미터를 더 걸었다. 근래에 내가 섭취한 음식물들이 부실하여 숨이 더 차오르는 것 같았다. 그러자 냉장고에 있는 날계란이라도 하나 깨 먹고 나오지 않은 것이 후회되었다. 더 어지러워지기 전에 에너지를 보충해야 한다. 나는 잡아 놓은 망둥이 한 마리를 꺼내 배를 따고 짠물에 흔들어 씹어 먹었다. 단지 에너지를 위하여. 비렸다.

"아니, 회 좋아하는 줄 알았으면 초지랑(초장)이랑 이거 한잔 가져오는 건데……."

승준 씨가 소주 마시는 시늉을 하며 씨익 웃는다.

"아무리 회를 좋아해도 그렇지. 비린 봄 망둥이를 어떻게 갈매기처럼 날거로 먹을 수 있으까?"

"……"

낙지를 잡으러 그물 바깥으로 걸어나간다.

"가을 낙지는 문에 문패 달고 살지 아느껴. 그렇지만…… 구멍이 멀어서."

가을하고 봄 중 어느 때가 낙지 잡기가 쉽냐고 내가 묻자, 승준 씨가 답한다. 가을 낙지 구멍에는 푸릇한 이끼가 끼어 있고 낙지가 들어간 구멍이 커 찾기는 쉽지만, 월동 준비하느라 칠게 잡아먹으며 다닌 구멍의 길이가 길어 잡기 힘들다는 설명을 해준다.

그물 바깥으로 나가 썰물이 멈춰 선 끝으로 걸어가며 나는 개펄에 뚫린 수없이 많은 구멍 중 궁금했던 구멍에 대해 물어본다. 김 말뚝 밑에 붙어 있는 소라를 잡는다. 버려진 그물망에 붙은 골뱅이도 잡고 키 홀처럼 쪽 째진 구멍을 쑤셔 모시조개도 잡는다.

승준 씨가 낙지 구멍을 발견하고 나를 불러 낙지 잡는 법을 가르쳐 준다. 낙지 잡는 법은 일 년 농사 도와줘야 가르쳐 준다는 말도 가르쳐 준다. 어렵다. 개펄 속에서 낙지는 매우 빠르다. 이런 낙지를 눈으로 보지 않고 손의 감촉만을 이용해 추적해 나가다 보면 어떤 구멍이 낙지가 숨어들어 간 구멍인지도 헷갈린다. 또 가운데 구멍을 중심으로 낙지 다리 수만큼 빙 둘러 뚫린 여러 구멍 중 어느 구멍을 먼저 쑤셔야 할지 감이 서지 않는다. 어떤 게 숨구멍인지 낙지가 들어간 암구멍인지 구별이 잘 되지 않는다. 팔뚝과 얼굴에 개펄만 묻히고 포기하고 만다. 승준 씨는 한 구멍에서 두 마리를 잡기도 한다. 장붙은(교미하는) 것 잡아 재수 없다며 휙, 두 마리를 낙지통 들고 따라다니는 내게 던진다. 나는 놀라며 신랑 신부 낙지를 가리려 든다. 그러자 장붙은 게 아니라 큰 놈이 작은 놈 잡아먹으러 들어간 것이라고 일러 준다. 마냥 부러워 쳐다보는 내게 승준 씨가 구멍을 하나 가리키며 빨리 쑤셔 보라고 한다. 가까스로 낙지를 한 마리 잡는다. 개펄 끝에서, 분명 없는 자갈 쓸리는 소리가 난다. 어느새 흐름을 멈추고 감(썰물이 최대로 빠져 멈춰 있는 상태)겼던 물이 돌아선 것이다.

그물 터로 다시 걸어 나온다. 내가 메고 나간 배낭에 죽은 고기를 넣고, 산 횟감은 승준 씨가 지고 나간 지게에 얹는다. 배낭에서 물이 흐르자 우비 입은 승준 씨가 배낭을 메기로 하고 내가 개펄 지게를 진다. 개펄 지게는 다리가 길다. 지게를 받쳐 놓을 때 개펄 속에 들어가 묻힐 지겟다리를 감안해 만들었기 때문이다. 멀리 미루지 포구를 한번 쳐다본다. 승준 씨가 앞서고 내가 뒤따른다. 이제 돌아가기만 하면 된다는 사실 하나만으로도 마음은 가벼워진다. 그러나 몸은 영 신통치 않다. 아뜩아뜩 어지러워져 휘청거린다. 약사는 스트레스를 많이 받아 심장에 열이 생겨서 어지러운 것이라고 했다. 약을 며칠 먹자 그만해

졌으나 온전치는 못한 상태다. 나는 몸이 좋지 않았지만 내색하지 않는다. 내가 약해지면 상대방도 약해지리라는 헤아림에서다. 그렇게 되면 나는 육체뿐 아니라 심리적으로도 약해지고 말 것이다.

지게 위에서 숭어가 뛴다. 푸드득거린다. 재료역학에서 배운 충격하중은 정하중의 두 배란 말이 떠오른다. 숭어는 몸 망치로 나를 때려 박으려나 보다. 개펄 깊이 나를 박고 지게에서 내려오려는 숭어의 전략은 실패한다.

지난겨울이었다. 다른 사람들은 너벅선을 타고 김을 따러 나가고 나 혼자 큰 배에 남아 망둥이를 잡고 있었다. 낚시에 물린 망둥이를 당기고 있었다. 망둥이가 작은 몸으로 삼 톤 배와 있는 힘을 다해 줄다리기를 하고 있다는 사실을 깨달았다. 지금 숭어도 있는 힘을 다해 지게를 내려치고 있다. 숭어가 푸덕거리는 순간, 숭어의 푸덕거림을 느끼는 순간, 숭어의 푸덕거림을 느낀 만큼 내 몸은 숭어가 된다. 숭어의 움직임이 지게를 타고 내 몸에 전달된다. 숭어가 나를 움직이고 있는 것이다. 내 몸이 힘들고 지쳐 있어 더 숭어가 된다. 나약함은 다른 세계를 받아들이는 포구가 될 수도 있나 보다.

영화 〈나라야마 부시코〉의 장면들이 스쳐 지나간다. 어미를 내다 버리려고 지게에 지고 설산을 오르던 아들 모습에서 화면이 잠시 머문다. 어려서 나뭇짐을 비롯하여 여러 물건들을 지게에 져 보긴 했어도, 이렇게 살아 푸덕푸덕 움직이는 생명을 져 본 일은 처음이다.

몇 달 전 일이다. 동네에 상이 났다. 나는 상여를 메고 싶었다. 그런데 이곳 사람들은 결혼한 사람들만 상여를 멜 수 있다고 했다. 나는 사십이 된 나이에 아직 상여를 메 보지 못했다는 사실이 늘 부끄러웠다. 왠지 헛살았다는 느낌마저 들었다. 사람들과 어울려, 다른 세계로 넘어가는 죽은 사람의 다리가 되어 걸어 주지 못한 내 삶이 한심했다. 상이 나가기 전날 새로 사온 조립식 상여를 경로당 앞마당에서 꾸며 보며, 나는 조금은 흥분되기도 했었다.

"그게 상여였구먼!"

"딴 곳에 갖다 놓지 않고."

"가깝고 좋지 뭐."

경로당 앞마당에 놓여 있던 방 한 칸 크기의 컨테이너 박스를 열고 조립식 상여를 꺼내 조립이 잘 되나 점검하고 있을 때, 할아버지 세 분이 지나가며 한마디씩 내뱉었다.

"여자리는 경로당 지하실에 상여를 놔두는데요, 뭘."

동네 청년회장이 병아리(상여 장식의 일종)를 조립하다가 할아버지들의 말을 받았다.

그 후에도 나는 여러 차례 경로당에서 마을 일을 했다. 이장 선거 날 돼지를 잡기도 했고, 회관에 보일러를 새로 까는 동네 청년들을 돕기도 했다.

그러던 어느 날이었다. 나는 노란 컨테이너에 검은 글씨로 씌어 있는 'best jean'이라는 영문 글귀를 보고 깜짝 놀랐다. 본래 상여가 들어 있던 컨테이너는 아니지만, 상여 집 이름이 베스트 진이라니! 죽음이 베스트 진이라니! 조립식 상여의 충격은 오래 갔고, 나는 그것을 가지고 시를 써 볼 궁리도 했었다.

내가 경로당 일이나 경로당에 붙어 있는 마을회관 일에 유독 관심을 더 가지는 데는 그럴 만한 이유가 있다. 고향을 떠나 이웃 면에 사는 어머니가 경로당에 딸린 방 한 칸으로 이사를 했다는 말을 누나한테 전해 들었기 때문이다.

지난번 설날 나의 귀향은 우울했다. 창작 지원금으로 받은, 내가 지금까지 살며 만져 본 오백만 원이라는 제일 큰돈을 무슨 송사에 걸려 다 탕진하고, 산다는 게 왜 이렇게 뜻대로 되지 않나 고심하고 있을 때 누이의 호출이 왔다. 누이가 부쳐 준 여비를 가지고 이 년 만에 귀향길에 올랐다. 마음이 비포장 길처럼 덜컹거렸다.

나는 충주 시내에 도착해 날이 어두워지기를 기다렸다. 서점도 구경하고 바쁘게 오가는 사람들도 구경했다. 어머니를 경로당에 딸린 방에 기거시키고 있는 아들의 잘난 얼굴을 들고 환한 대낮에 어머니 방을 찾아갈 수 없었다. 이모네 집 바로 앞에 경로당이 있다는 말을 들었기에 방 찾기는 별 문제가 되지 않았다.

어머니 얼굴엔 주근버섯이 풍년이었다. 나는 울컥 눈물이 나오려고 했으나 씩씩했다.

"어머니 이층집에도 다 살아 보시네요."

"오르내리기 망해서 그렇지 괜찮다. 옆방 중국집 식당 하는 젊은 내외도 괜찮고."

"옆방도 있어요? 다행이네요!"

"천주교 다니는 젊은 사람들인데 인사세도 밝고 좋다. 너를 위해 기도 많이 했다. 괜찮다. 이모 집도 가깝고."

"아들 위해 기도하지 말고 나랏일 잘되라고 기도하면 저도 잘돼요. 저, 도, 요!"

"네 말이 맞다."

잠드신 어머니 머리맡엔 두 권의 책이 있었다. 하나는 성경책

이고, 또 하나는 어디서 어떻게 구하셨는지 내 두 번째 시집 《자본주의의 약속》이 있었다. 나는 객지로 떠돌다 돌아와 사 년(이 년 전 인근에서 있었던 시 낭송회 때 급히 낮에 들른 적은 있다) 만에 어머니와 같은 지붕 밑에서 잠을 청했다.

"이젠 그나마 한쪽 귀도 보청기를 끼지 않으면 못 듣는다. 귀가 안 들려서 장애인 수당이 나온다. 그것만 가지고도 먹고사는 데는 지장이 없다."

저녁에 다녀간 이모 말이 자꾸 떠올랐고 잠이 오질 않았다.

나란 놈은 대체 뭘 하고 사는 놈일까. 못난, 못난, 이 못난, 개 같은…….

그믐날 아침 일찍 일어나 아버지 산소에 갔다. 아버지보다 먼저 죽은 큰형 산소에 오래 드러누워 있었다. 고등학교 때 형이 술 취해 들어오면 나는 말대꾸하기 싫어서 잠을 자는 척했다.

"문학잡지만 보는 걸 보면 너는 소설가가 되려는가 보다. 신니면에 사당 있는 사육신 박팽년 선생이 팔짱을 끼고 주무셨다는데, 너도 팔짱을 끼고 자는구나."

정말 박팽년이 팔짱을 끼고 잤을까. 형은 자신의 잔소리가 듣기 싫어 내가 자는 척한다는 사실을 알고 혼잣소리를 했을 것이다. 그래도 형은 서당에 다니며 한문을 공부했으니까, 혹시

하는 생각이 든 것도 사실이다.

나는 남들보다 하루 일찍 성묘를 마치고 시내에 가서 어정거리다가 어두워져서야 어머니 방에 다시 돌아왔다. 그 길로 바로 방을 나서고 싶었으나 어쩌면 이게 어머니와의 마지막 잠이란 예감에 하루를 더 자고 새벽같이 길을 나섰다. 어머니는 열아홉 계단 위에 서 계셨다. 눈이 흐려 내가 보이지 않으실 텐데도 잘 가라고 오랫동안 손짓을 하고 계셨다. 영화〈나라야마 부시코〉에서 늙은 어미를 깊은 산속에 버리고 돌아가는 아들에게 그 어미가 그랬던 것처럼. 엉거주춤 서서, 잘 가라고.

숭어의 퍼덕거림이 잠잠해졌다. 숭어들은 숨이 가쁘다. 지쳤나 보다. 개펄밭에는 죽은 조개의 종류가 개펄 위치에 따라 다르게 산개해 있다. 이 또한 갯골의 생김새와 더불어 개펄 길을 기억하는 중요 이정표다.

담배 한 대 태우고 가자며 앞서가던 승준 씨가 멈춰 선다. 담배를 태우며 지게와 배낭을 바꿔 멘다. 둘은 다시 걷기 시작한다. 아무 말도 하지 않는다. 나는 승준 씨 발자국만 따라 걷는다. 빨리 걸어나가 집 뒤에 있는 가죽나무 순과 장독대에 있는 부추를 뜯어 아침에 따온 두릅나물 넣고 밥 비벼 먹을 생각만

한다. 고추장은 있던가. 날계란을 하나 넣을까.

앞서 걷던 승준 씨도 좀체 줄어들지 않는 개펄 길이 힘들어, 길의 끝 포구를 보고 걷지 않고 걸어 나온 발자국만 보고 걸었나 보다. 큰 갯골이 나오자 승준 씨가 고개도 안 들고 내게 묻는다.

"다 왔으까?"

# 가족사진

어디 가시껴?

나는 서툰 강화도 사투리로 말을 건넨다.

애!

단비 아빠는 막내딸을 쳐다보며 씩 웃는다.

아하, 소라가 오늘 초등학교 입학하는구나!

단비 엄마를 태우자 봉고차가 떠나고 집이 빈다. 단비 할머니는 벌써 어디 마실 가셨나 보다.

발바리 개와 놀고 있던 진도 강아지가 버섯장 쪽에서 달려온다. 꼬리를 흔들며 오는데 흔들리는 꼬리 때문에 자빠질 것 같은, 봄과 잘 어우러지는 앙증맞은 뜀박질이다.

큰달아!

정월 대보름날 이 집 식구가 되어 내가 지어 준 이름을 불러 본다. 아이들은 큰달이란 이름을 시인 아저씨가 작명해 줬다고 친구들에게 자랑도 하고 좋아했다. 며칠이 지난 후에야 발음이 좀 부드럽지 못하다는 사실을 깨닫고 보름이라고 이름을 바꿔 줄까 하다가, 아이들 입과 강아지 귀에 익었을 이름임을 감안하여 그냥 두었다. 강아지를 좀 쓰다듬어 주고 버섯장으로 발길을 옮긴다.

버섯장 안에는 향기로운 느타리버섯 종균 내가 은은하게 고여 있다. '너희들도 알지. 이 집에 이제 학생이 세 명이야. 신단비. 신초롱, 신소라. 열심히 커~어.' 나는 혼잣말을 하며 느타리버섯 틀로 다가간다.

버섯들은 참 조용하다. 내성적이다. 얼마나 내성적이냐 하면, 그림자가 몸에서 외출해 다른 그림자를 만나는 것도 쑥스러운지 그늘에 살며 제 그림자도 만들지 않는다.

논농사를 많이 짓지 않는 담비 아빠는 부업으로 버섯을 기른다. 버섯 판 돈으로 아이들 학원도 보내고 책도 사 준다.

버섯 농사에 제일 큰 적은 곰팡이다. 버섯과 성장 조건이 비슷한 곰팡이를 잡는 게 버섯 재배의 성공과 실패를 가름한다 해도 과언이 아니다. 버섯이 잘 나지 않을 때는 충격을 준다. 한겨울에 온도를 낮추거나 찬바람을 쐬기도 하고, 또 놀랍게도 햇살로 충격을 주기도 한다. 햇살이 충격이라니!

'열심히 크라고 했는데 너희들이 대답 없는 것으로 보아, 잘 새겨들은 것으로 알고 나 간~다.' 나는 하얀 맨살 부끄럽다고 갓으로 얼굴 가린 버섯들을 등 뒤로 하고 버섯장을 나선다.

바다 쪽으로 내뻗은 산자락 길을 타고 걷는다. 툭, 나뭇가지 떨어지는 소리가 난다. 참나무 가지 위에서 까치가 집을 보수하고 있다. '까치란 놈은 집을 잘 지으니 목수쟁이로 돌리고, 황새란 놈은 다리가 기니 우편배달부로 돌려라.' 머릿속에 떠오른 민요 가락을 흥얼거리며 참나무 쪽으로 다가간다. 너무 삭아 안 되겠다 싶은 가지를 떨어뜨렸던지, 발로 살짝 밟자마자 쉽게 부러진다. 순간 새로운 생각이 머리를 스친다. 까치는 집 주위에 떨어진 죽은 나뭇가지를 다시 나무 위로 물어 올린다. 어쩌면 살아 서로 몸 부딪치며 감정 상했을 나뭇가지들을 한 곳에 물어다 놓고 화해를 시키고 있는지도 모른다.

"집이 있어야 장가를 가죠."

"애, 저 까치들 좀 봐라. 저렇게 둘이 같이 집을 짓고 있지 않냐. 너처럼 고생하며 산 여자 하나 만나면 되지."

"그럼, 나 까치하고 같이 살면 안 될까?"

산속에서 돼지를 기르며 어머니와 같이 살 때다. 마늘 밭에서

지푸라기를 걷어 내며 어머니와 나누었던 대화가 떠오른다. 제일 먼저 연초록으로 푸르러지던 다래 덩굴과 연분홍 진달래밭이 아름답게 어우러지던 산골의 풍경은 지금도 눈에 선하다.

나는 까치집을 올려다본다. 까치가 출입 구멍을 집 아래로 내면 그해 비가 많이 온다는데…… 올해도 비가 많이 오려는가 보다.

겨울 어느 날 아침. 동네 까치들이 평소와 달리 새카맣게 공중에 떠 울어 대고 있었다. 놀라 하늘을 살펴보았다. 여덟 팔(八)자 대형을 이루며 수십 마리, 수백 마리씩 무리 지어 기러기가 윗마을로 날아가고 있었다. 까치가 자기 구역을 침입하지 못하게 하려고 높이 떠 울음소리로 기러기들을 위협하고 있었다.

그날 이후 무슨 대타협이 있었던 것일까. 기러기들이 날아가도 까치들이 잠잠했다. 까치가 알 낳기 전까지, 한 해 겨울만 살다 가겠다는 기러기 대표의 단판이 먹혀들었던 것 같다. 수백 마리 기러기들이 까치가 사는 산을 통과하며 하늘에 살아 움직이는 거대한 산수화 한 폭을 그려 놓기도 했다.

다시 산자락 길을 걷는다.

"함 시인, 참 신기하지?"

"뭐가?"

"참깨 말여, 어떻게 흙 속에서 고소한 참기름을 뽑아 올릴 수 있을까?"

작년 여름 장석남 시인이 놀러와 이 길을 지나며 내게 말을 던졌다.

길가 찔레덩굴은 벌써 물기를 먹어 붉다. 천주교 소풍 가는 날 어머니를 따라가다가 하얀 찔레꽃 앞에 오래서 있던 어린 내가 잠시 스쳐지나간다.

나는 논두렁을 지나고 제방 밑 작은 방죽 앞에 선다.

얼음이 녹았다. 얼음 위에 내린 하얀 눈. 그 솔은 눈 위에 막대기 글씨로 내가 써 놓았던 시들은 다 어디로 갔을까. 저 물 속에 내가 썼던 시들이 녹아 있다니. 조정권의 '너 뿌리 어디다 뒀냐'라는 한 구절로 된 〈얼음꽃〉이란 시와, '자식새끼들 입 속으로 밥숟가락 들어간다 / 저기가 극락이다'라는 고은의, 제목이 기억나지 않는 단시와, '도끼로 찍고 향기에 놀라다 겨울 나무숲'이란 일본 시 하이쿠 한 편과…… 그 외 여러 편의 시들은 다 어디로 갔단 말인가. 아, 물로 살아난 시들이여. 메기와 미꾸라지와 붕어들이 먹었을 시들이여! 시가 물이 될 수 있다니.

시가 물이 된 방죽에 갈대들이 얼굴을 디밀고 있다. 아마 가족사진을 찍나 보다. 한 생을 마감하며 모여 모여 물에 찍힌 가족사진을 들여다보나 보다. 물 한가운데에서도 때가 되면 몸 말릴 수 있는 갈대여!

사진관에 걸린 가족사진을 보면 대부분 행복해 보인다. 중심에 자리 잡은 부모를 기점으로 퍼져 나가는 닮음들. 엄마를 닮은 예쁜 딸과 아버지를 닮은 잘생긴 아들들. 내가 한 번이라도 가족사진을 찍어 보았다면 사진 속 사람들의 행복한 순간이 내게 번져 올 수 있으련만, 늘 그렇지 못했다.

아, 오늘 단비 아빠는 늦게 돌아오겠구나. 셋째 딸 입학식에 갔다가 둘째 딸이 독후감 쓰기 대회에서 받은 최우수상장을 읍내에 가 액자에 넣어 오려면. 세 딸과 부인을 태우고 오는 단비 아빠 마음속에 오늘 가족사진이 또 한 장 찍히리라.

제방을 올라선다. 바다다. 이 바닷물을 쭉 거슬러 올라가면 한강이 나오고, 다시 양수리를 거쳐 남한강까지 가 달래강 지류로 접어들면 나처럼 혼자 사는 어머니가 고향 그곳에 있으리라. 진달래꽃 피면 고향으로 달려가 어머니와 난생처음으로 사진 한 장 찍어야 할 텐데. 그때 마음씨 좋은 까치 한 마리 슬쩍 내 머릿속으로 날아 준다면.

# 제비야 네가 옳다

강화도 우리 동네에는 이십여 호의 집이 있다. 그중 제비가 집을 짓지 않은 집은 빈집 두 집과 남자 노인이 혼자 사는 집, 그리고 역시 남자 혼자 사는 내 집뿐이다.

재작년 봄, 제비가 날아와 집을 지으려고 거실까지 들어와 내 삶을 염탐할 때, 나는 몹시 마음이 들떴다. 그러나 사람이 살지 않는 빈집에 집을 짓지 않는 제비는 딴 곳으로 날아갔다. 나는 못내 아쉬웠다. 적적할 때 제비 소리라도 들어 보려던 마음과 나 아닌 다른 생명체와 한 지붕 밑에 같이 살고 싶은 마음의 낙담은 컸다.

작년에는 제비를 속여 보려고 노력도 했었다. 티브이를 크게 틀어 여자와 아이들 목소리도 내고 빨래를 널어 보기도 했다.

그런데 결과는 역시 마찬가지였다. 제비는 한 가정을 이루지 않고 살아가는 나의 삶을, 언제 떠날지 모르는 뿌리가 없는 삶이라고 결론을 내렸던 것 같다.

성선설

손가락이 열 개인 것은
어머님 배 속에서 몇 달 은혜 입나 기억하려는
태아의 노력 때문인지도 모릅니다

고등학교를 졸업하고 직장에 다니며 소설 공부를 하다가 때려치우고 문예창작과에 입학했다. 시를 써 볼 요량이었다. 마음과 달리 시는 잘 써지지 않았다. 시국도 어지러운 판에 시만 쓰고 있을 수도 없고 해서, 학교를 그만두고 현장에 들어가 노동을 하며 노동운동을 하려고 했다. 공고를 나와 전기 용접 자격증을 갖고 있어 운동권 선배들이 남다른 애착을 갖고 새로운 삶을 권유하기도 했다.

그러던 어느 날, 밤샘 농성 중 경찰에 연행되었다. 후배 여학생이 집에 들러 책을 정리하자 자초지종을 안 어머니가 기절을 하셨다. 그 후 나는 이러지도 저러지도 못하고 한 달을 보내고 있었다.

그때 옛친구가 찾아와 내가 직장 다니던 곳에 놀러 가자고 했다. 나는 직장에 다닐 때 그 친구가 다니던 대학 친구들과 문학 동인을 같이 했었다. 일곱 명 중 다섯 명은 시를 쓰고 둘은 소설 공부를 했다.

언제였던가! 동인들이 지방 도시에서 시화전을 열었었다. 다방을 빌렸는데 벽면이 남는다고 나한테도 시를 써 보라고 했다. 그런데 어찌된 일인지 지금 시인이 된 선배가 그 시화전에 와서 시 잘 쓰는 친구들 작품은 형편없다고 말하고 그중 내 작품은 가능성이 있다고 했다는 말을 전해 들었다. 아마 그 자리에 유독 나만 없었기 때문이 아니었나 싶다.

친구는 그때의 일을 상기시키며 내게 시를 써 보라고 했다. 88년 여름, 나는 친구 집에 머물며 짧은 기간에 백팔 편의 단시를 썼고, 그 시를 응모해 문단에 데뷔했다. 위의 작품도 그때 썼던 시 중 한 편이다. 아기가 태어날 때 열 손가락을 다 꼽고 세상에 나온다는 발상에서 쓴 짧은 단상의 시다.

그 무렵, 나는 어떻게 그리 짧은 기간에 그리 많은 시를 쓸 수 있었을까. 시는 어지러운 마음속에, 분주한 마음에 깃들기를 즐기는 것은 아닐까. 시를 배우기 위해 문창과에 다닐 때보다 시에 대해 회의하고 삶이 막막할 때 시를 많이 썼던 것을 보면. 내 경우는, 분주하고 힘든 삶 속에서 평화롭고 행복한 삶을 열망하고 있을 때 마음에 시가 더 잘 떠오른다. 마치 제비가 사람 살이 왁자지껄한 집에 찾아들어 새끼를 치는 것처럼.

올봄 나는 제비를 기다리지 않기로 마음먹는다. 제비가 여성 호르몬 냄새가 나는 집만 골라 집을 짓는 것 같아, 여자 후배에게 집에 한번 왔다 가라 했던 부탁도 취소해야겠다. 내 집에 사람 살아가는 소리 시끌벅적하면, 제비도 시도 내 집에 내 마음에 자연스럽게 찾아올 것이다. 제발 분주하라 내 삶이여, 봄처럼.

# 눈물은 왜 짠가

# 눈물은 왜 짠가

지난여름이었습니다 가세가 기울어 갈 곳이 없어진 어머니를 고향 이모님 댁에 모셔다 드릴 때의 일입니다 어머니는 차 시간도 있고 하니까 요기를 하고 가자시며 고깃국을 먹으러 가자고 하셨습니다 어머니는 한평생 중이염을 앓아 고기만 드시면 귀에서 고름이 나오곤 했습니다 그런 어머니가 나를 위해 고깃국을 먹으러 가자고 하시는 마음을 읽자 어머니 이마의 주름살이 더 깊게 보였습니다 설렁탕집에 들어가 물수건으로 이마에 흐르는 땀을 닦았습니다

"더울 때일수록 고기를 먹어야 더위를 안 먹는다 고기를 먹어야 하는데…… 고깃국물이라도 되게 먹어 둬라"

설렁탕에 다대기를 풀어 한 댓 숟가락 국물을 떠먹었을 때였습니다 어머니가 주인아저씨를 불렀습니다 주인아저씨는 뭐

잘못된 게 있나 싶었던지 고개를 앞으로 빼고 의아해하며 다가왔습니다 어머니는 설렁탕에 소금을 너무 많이 풀어 짜서 그런다며 국물을 더 달라고 했습니다 주인아저씨는 흔쾌히 국물을 더 갖다 주었습니다 어머니는 주인아저씨가 안 보고 있다 싶어지자 내 투가리에 국물을 부어 주셨습니다 나는 당황하여 주인아저씨를 흘금거리며 국물을 더 받았습니다 주인아저씨는 넌지시 우리 모자의 행동을 보고 애써 시선을 외면해 주는 게 역력했습니다 나는 국물을 그만 따르시라고 내 투가리로 어머니 투가리를 툭, 부딪쳤습니다 순간 투가리가 부딪히며 내는 소리가 왜 그렇게 서럽게 들리던지 나는 울컥 치받치는 감정을 억제하려고 설렁탕에 만 밥과 깍두기를 마구 씹어 댔습니다 그러자 주인아저씨는 우리 모자가 미안한 마음 안 느끼게 조심, 다가와 성냥갑만 한 깍두기 한 접시를 놓고 돌아서는 거였습니다 일순, 나는 참고 있던 눈물을 찔끔 흘리고 말았습니다 나는 얼른 이마에 흐른 땀을 훔쳐내려 눈물을 땀인 양 만들어 놓고 나서, 아주 천천히 물수건으로 눈동자에서 난 땀을 씻어 냈습니다 그러면서 속으로 중얼거렸습니다

눈물은 왜 짠가

# 찬밥과 어머니

혼자 산 지 오래되었다. 혼자 먹는 밥은 쓸쓸하다. 혼자 산 지 오래된 어머니도 그러하리라. 내가 밥상머리에서 늘 어머니를 생각하듯 어머니도 나를 생각하실 것이다. 혼자 먹는 밥상에는 가족에 대한 그리움도 차려진다.

중학교 때였다. 나는 환갑 넘은 아버지를 따라 산(山) 일을 자주 나갔다. 변변한 일거리가 없는 아버지는 품을 팔거나 어우리소(소 주인과 이익을 반으로 나눠 갖는)를 길렀다. 그러면서 틈이 나면 산으로 돈이 될 만한 것들을 구하러 다녔다.

화전이었던 묵은 밭뙈기에서 칡끈을 끊기도 했고, 삽주 뿌리를 캐거나 북나무북싱이라는, 깨알만한 벌레가 가득 든, 생강처럼 생긴 열매를 따러 다니기도 했다. 또 산비탈에 위태롭게 몸을 붙이고 검은돌비늘 뭉텅이를 캐기도 했다. 그런 날이면 흘러내린 마사토에서 돌비늘 조각이 반짝이고, 그 조각 같은 작은 집들이 옹기종기 모여 있는 우리 동네가 가마득하게 멀리 보이기도 했다.

"원래 구절초는 구월 구일 구월산에 아홉 살 난 동자를 데리고 가 뜯는 것을 최고로 쳤단다."

그날도 약초 얘기를 들려주는 아버지를 발맘발맘 따라 세 시간 정도 국망산을 오르자 비둘기 바위가 나타났다. 비둘기 바위 아래로는 수백 미터 이어지는 바윗골이 펼쳐졌다.

지게를 받쳐 놓고 정부미 포대를 든 아버지와 나는 참구절초를 뜯기 위해 아슬아슬 네 발로 기어다니며 바위벽을 탔다. 참구절초는 바위틈에 박혀 있거나 바위 턱에 얹혀 있는 흙에 뿌리를 내리고 있어서 채취하기가 힘들었다. 낭떠러지에 붙어 있는 구절초는 나무를 붙잡은 아버지가 내민 지게작대기를 내가 잇대어 잡고 내려가 뜯기도 했다.

너럭바위에 앉아 어머니가 챙겨 준 도시락을 먹었다. 힘든 일 끝이라서인지 아니면 발 아래로 펼쳐지는 풍광이 그럴싸해서인지 도시락 맛은 꿀맛이었다. 양은 도시락 뚜껑을 들고 물을 따라 마시는 아버지 얼굴에 환한 물그림자가 어른거렸다.

늦은 점심을 먹고 났을 때 다른 고을에서 봉용 캐러 원정 온

약초꾼이 휘파람 신호를 보내며 나타났다. 고슴도치를 떼로 잡았던 자랑을 들으며 잠시 쉬고 다시 구절초를 뜯었다.

아버지와 나는 해가 뉘엿뉘엿해서야 하산 길에 들었다. 산의 측면을 타고 한 구렁을 돌았을 때, 아버지가 어디서 더덕 냄새가 난다고 했다.

더덕밭을 만나 더덕 캐는 재미에 빠져 있는 사이 사방 둘레가 어두워져 있었다. 길이 보이지 않아 당황한 내가 골을 타고 내려가자고 하자, 아버지는 우선 골을 빠져나가 능선을 잡아야 한다고 했다. 험한 골짝을 힘겹게 벗어나 능선을 잡았을 때 멀리 낮은 산 위로 달이 떠올랐다.

가끔 가랑잎에 묻힌 까도토리를 밟아 기우뚱하기도 했지만 달빛이 냉큼 걸음을 붙잡아 주어 넘어지지는 않았다. 지게에 달빛까지 얹은 아버지와 나는 무거운 지게를 번갈아 지며 몇 시간을 더 걸어서야 산자락 끝에 도착할 수 있었다.

산길의 끝 마을길의 시작에, 마을길의 끝 산길의 시작에, 마중 나온 조그만 어머니가 서 있었다. 산길을 벗어나 한 번 쉬고 집에 가자고 했던 아버지와 나는 지게 쉼터를 지나쳐 그냥 집을 향해 걸었다. 나는 뒤따라오는 어머니를 힐끔힐끔 뒤돌아보며 더덕 캔 자랑을 늘어놓았다.

어머니가 차려놓은 밥상 위의 음식들은 식어 있었다. 몇 번을 데웠던지 졸고 식은 된장찌개는 짰다. 어머니는 산에 간 두 부자가 달이 떠도 돌아오지 않자 걱정이 되어서 오래 전에 마중을 나와 계셨던 것이다. 밥이 식은 시간만큼 어머니도 달빛에 젖어 아버지와 나를 기다리셨던 것이다. 땀에 젖은 옷을 입은 채, 물에 찬밥을 말아 식은 된장국과 장아찌를 먹는 부자를 어머니는 안도의 눈빛으로 쳐다보셨다.

그날 찬밥이 차려진 밥상에는 기다림이 배어 있었다. 짠 된장국이 다디달아 자꾸 찍어 먹던 밤, 지붕 낮은 우리 집 마당에는 달빛이 곱게 내렸고, 세 식구가 앉아 있는 쪽마루에는 구절초 냄새와 더덕 향이 가득 차오르고 있었다.

# 소젖 짜는 기계 만드는 공장에서

형과 산속에서 돼지를 기르고 있을 때였다.

"자재를 많이 사놓았는데, 공장을 팔아넘겨야 할 형편이라…… 사람을 급히 구할 수도 없고…… 공고 나온 처남이 좀 도와줘."

전화를 받고 작업복 두 벌을 챙겨 물어물어 수유리에 있는 공장을 찾아갔다. 공장은 거리를 지나며 흔히 볼 수 있는 공업사와 별반 다를 게 없었다. 쇳덩어리를 깎는 밀링과 선반, 쇠에 구멍을 뚫는 드릴링 기계, 쇠를 갈아 내는 연삭기, 쇠끼리 붙이는 용접기 등이 공장의 주 기계들이었다.

고등학교 시절 기계들 앞에서 얼마나 속으로 속으로 울음을 삼켰던가!

나는 전교생 전원이 장학금을 받는 한국전력 부설 공업고등학교에 다녔다. 공고가 무엇을 배우는 곳인지도 모르는 상태에서 진학을 했다. 단지 무료로 다닐 수 있다는 이유 하나로 학교를 선택했던 것이다.

성격이 소심한 나는 빠르게 돌아가는, 일 분에 삼천육백 바퀴 회전하는 기계들이 무서웠다. 나사를 깎고, 볼트를 만들고, 전기 불꽃 튀기며 용접을 하고, 백분의 일 밀리미터를 재고, 각종 펌프를 분해 조립해 보는 수업들이 내겐 맞지 않았다. 적성에 맞지 않아 하루에도 몇 번씩 학교를 그만두고 싶었다. 그러나 그럴 수도 없었다. 학교를 그만두려면 그간 들어간 학비를 물어 주어야 했는데 그럴 돈이 집에 없었다. 내가 학교를 그만두고 돈을 못 물어낼 경우, 보증 도장을 찍어 준 사돈 친척과 고향 친구 영환이 아버지가 대신 물어 주게 되어 있어, 그럴 수도 없었다. 실습 시간은 왜 그렇게 많은지 수업 시간의 절반을 기계 앞에서 우울하게 보내야 했다.

나보다 나이를 서너 살씩은 더 먹은 공장 식구들과 인사를 나누고 일을 시작했다. 내가 처음 지시받은 일은 아주 단순했다. 손 그라인더로 거친 쇠의 표면을 반듯하게 갈기만 하면 되는 일이었다. 사실 일은 단순했지만 그리 쉬운 일은 아니었다. 그라인더 날이 쉬이 닳아 자주 바꿔 끼워야 했고, 쇠 불꽃이 튀며 목장갑과 작업복을 뚫고 들어와 따가웠다.

오전 일을 끝내고 밥을 붙어먹는(바로 계산하지 않고 한 달간 먹은 식기 수를 계산하는) 식당으로 점심을 먹으러 갔다.

공장장이 이 기사를 쳐다보자 이 기사가 나를 잠시 살핀 후 공장장에게 말을 건넸다.

"콘크리트나 치지요!"

"아줌마 여기 콘크리트 세 그릇."

밥을 그렇게 빨리 먹는 사람들은 처음 보았다. 비빔밥 한 그릇을 순식간에 해치우는 것이었다. 누군가 보았다면 얼굴과 손에 기름이 묻어 저리 동작이 빠른 것은 아닐까 하는 생각도 들었으리라.

'가난하게 산 사람들은 밥을 빨리 먹는다. 왜냐하면 형제들에게 밥을 빼앗기지 않으려고 빨리 먹던 습관이 몸에 배어 있기 때문이다.'라는 최하림 시인의 산문 구절이 떠올랐다.

"천천히 먹고 와. 먼저 갈게."

공장장과 이 기사가 나를 보고 씩 웃으며 먼저 식당을 나갔다.

그들은 알고 있었던 것이다. 반나절 동안 드르륵드르륵 쇠를 갈며 떨던 손으로 숟가락질하기가 얼마나 힘든가를. 내가 떨리는 손을 감추려고 얼마나 노력하고 있는가를. 그래서 비빔밥을 시켰고 먼저 자리를 떠 준 것이다.

공장 생활이 열흘쯤 지났다. 나도 밥을 빨리 먹고 공장에 딸린 방에서 장기를 두거나, 옆 공장 사람들과 음료수 내기 족구시합을 할 수 있는 점심시간이 기다려졌다. 그쯤 서로 간에 격이 어느 정도 헐어졌고 그들이 내게 사적인 말을 걸어오기도 했다.

"민복인 어느 다방 아가씨가 제일 예쁜 것 같아?"

"저야 더워 땀을 많이 흘리니까 보리차 많이 갖다 주는 아가씨가 제일 예쁘죠."

그들은 말끔하던 작업복에 불티 구멍이 숭숭 뚫리고 손톱과 손 주름에 푸르스름하게 기름때가 배어 가는 내 모습에 친근감을 느끼는 것 같았다.

오후 세 시가 되면 이 기사는 내게 참 준비를 하라고 했다. 공장장이 술을 한잔 먹자고 하면 계란을 삶고 소주 두 병을 사 왔다. 어쩌다 공장장이 속이 좋지 않아 라면을 끓이라고 하면 술 좋아하는 이 기사의 얼굴에 금방 섭섭함이 돌았다.

"야, 이 기사. 오늘은 민복이가 힘든 일 해서 술 먹는 거다. 라면은 내 것만 끓이고 알아서 해."라고 하면 이 기사는 금세 기분이 좋아져 나한테 고맙다는 말을 하기도 했다.

소주 한 컵을 들이붓고, 조심해서 까도 기름때 지문이 묻는 계란을 소금에 꾹 찍어 먹는 맛은 일품이었다. 술로라도 힘을 북돋우지 않으면 일을 할 수 없을 정도로 빡빡하게 돌아가는 공정이 소주와 계란 맛을 한층 드높인 것도 사실이다. 달력에 써 놓은 계획보다 일이 늦어지면 야근을 강행하기도 했다.

"이 일 무서운 건데 생각보다 잘하네."라고 칭찬을 들을 땐 그냥 웃고 말았다.

그들이 묻지도 않았지만, 이십여 년 기름밥을 먹었다는 말로 미뤄 보아 아주 어려서부터 공장 일을 시작한 그들에게 내가 공고 나왔다는 말을 굳이 할 필요가 없었다.

크게 틀어 놓은 라디오에서 〈양희은의 가요 응접실〉이 시끄럽게 진행되고 있을 때 라디오 소리, 기계 소리보다 더 큰 전화벨 소리가 울렸다.

"야, 받아."

나를 찾는 전화가 세 번째 걸려 온 날, 그러니까 내가 공장에 온 지 두 주쯤 된 날, 공장장이 회식을 하자고 했다.

"민복아, 그런데 왜 너한테 전화 건 사람들이 선생님이라고 부르냐? 지난번 전화 건 여자도 그렇고, 오늘은 나이가 꽤 많이 든 아저씨 목소리 같던데……."

멍게 해삼을 파는 시장통 허름한 횟집에서 술이 두어 순배 돌자 공장장이 내게 말을 걸어왔다. 나는 뭐 숨길 것도 없고 해서, 사실 글을 쓰는데 출판사에서 대개 그렇게 사람을 찾는다고 했다.

"무슨 글을 써?"

"시요."

"그럼 시인이냐?"

"그냥 뭐……."

"너, 숨기는 것 많은 놈이다."

"아뇨. 뭐, 자랑도 아니고 해서요……. 참, 하나 있기는 있어요."

"뭐?"

"사실 나 공고 나왔거든요. 그래서 밀링, 선반 같은 기계를 조금 다룰 줄 알아요. 두 분 앞에서 자랑을 하면 라스베이거스 가서 짤짤이 잘한다고 자랑하는 격이고 해서 말씀 안 드린……."

"……."

고단하여 내가 내 코 고는 소리에 놀라 잠에서 깨어나길 몇 번. 공장에 딸린 방에서의 한 달도 금방 지나갔다. 공장에서 만들지 못하는 전기 모터, 베어링, 고무호스를 사와 그동안 만든 부품들과 조립하여 완제품을 만들었다. 박스 포장이 끝난 제품이 공장 창고에 쌓여 가고 공장을 떠나야 할 시간이 다가오고 있었다.

막상 그들과 헤어져야 한다고 생각하니, 한 달 동안 기계 소음 속에서 동고동락하며 든 정에 마음이 서운했다.

각자 월급을 받고 나서 점심이나 같이 하자며 우리는 식당으로 향했다.

천천히 밥을 먹었다. 그들도 밥을 천천히 먹었다.

나는 맥주 한잔 먹은 것을 핑계 삼아 화장실에 간다고 하고 시장으로 가 속옷 두 벌을 샀다.

내가 헤어지기 섭섭하다며 메리야스를 건네자 공장장은 미리 준비한 선물을 내게 건넸다.

"이 기사하고 같이 만년필하고 연필을 샀어. 좋은 시 많이 써."

나는 공장장과 이 기사와 공장 건물을 뒤돌아보며 무거운 발길을 옮겼다.

'좋은 시는 당신들이 내 가슴에 이미 다 써 놓았잖아요. 시인이야 종이에 시를 써 시집을 엮지만, 당신들은 시인의 가슴에 시를 쓰니 진정 시인은 당신들이 아닌가요. 당신들이 만든 착유기가 깨끗한 소젖을 짜 세상 사람들을 건강하게 만들 거예요.'

상념에 젖어 있을 때 내가 가야 할 곳으로 나를 실어다 줄 버스가 흐릿하게 다가오고 있었다.

# 셋방살이

도화리 산골에 봄이 왔다. 아지랑이 수직의 악보를 타고 노란 나비 너울너울 춤추며 청산 간다. 앞산은 진달래꽃으로 연분홍 단추를 달고, 길가에 선 개나리는 봄비에 다 젖고 나서 노란 우비를 입는다. 연초록 다래나무 순이 연분홍 진달래꽃과 너무 잘 어울려, 학동들의 입에서는 〈아빠와 크레파스〉란 노래가 절로 난다.

희망차고 맑은 마음만 흐르던 어느 날. 미루나무가 깜짝 놀란다. 미루나무가 살고 있는 논두렁 주인이 몇몇 농부들과 톱을 들고 나타난 것이다.

"이 나무를 베어야겠어. 논으로 그늘이 들어 벼가 잘 자라지 않아. 각목을 켜 소 집 지을 때 서까래로 써야겠어."

미루나무는 겁에 질린 사람처럼 파르르 이파리를 떤다. 이 위

급한 사실을 아는지 모르는지, 미루나무에 둥지를 튼 까치는 제 새끼 먹여 살릴 먹이를 물어 나르느라 분주하기만 하다. 아니, 다른 때보다 더 극성을 피운다. 미루나무는 까치가 미워진다.

작년에 까치가 처음 집을 지을 때는 심심하던 차에 잘되었다 싶었다. 까치가 무서워 벌레들도 덜 덤벼들 테고. 그런데 웬걸. 까치는 시끄럽고 날개보다 긴 꽁지를 추적대며 똥을 아무데나 싸 일하던 사람들이 미루나무 그늘에서 들밥을 먹지 않고 자리를 딴 곳으로 옮겼다. 미루나무가 주인에게 사랑받는 조건 하나를 잃게 된 셈이다. 또 태풍이 심하게 불던 여름, 몸 지탱하기도 힘겨워 잔가지를 꺾어 내야 할 때는 까치집이 여간 부담스러운 게 아니었다.

깍깍깍깍깍.

까치가 커다란 벌레를 물고 오는 순간 사색에 질렸던 미루나무는 귀를 의심했다.

"이보게. 저 까치가 새끼를 낳았어. 나무를 베었다간 벌받겠네."

톱을 든 주인과 마음씨 착한 농부들이 돌아갔다. 미루나무는 까치를 미워하던 마음이 부끄럽기도 하고 자신의 생명을 구해준 까치가 고맙기도 해, 바람에 고개 숙여 인사를 한다.

내년에 또 같이 살자꾸나.

일순 긴장되어 있던 도화골 들판에 모든 생명 있는 것들의 환희가 가득 넘쳐난다. 새소리가 드높아진다. 완연한 봄이다.

내가 금호동 친구 방에서 살 때다. 놀러온 다른 친구가 내게 말했다.

"너, 친구한테 너무 피해 주는 것 아니냐. 이렇게 친구 방에서 오래 개기면…… 얹혀사는 것도 하루이틀이지……."

"얀마, 얹혀사는 게 아니라 같이 사는 거지……."

방 주인인 친구가 얼른 말을 수정했다.

나는 밤이 늦도록 잠이 오지 않았다. 이런저런 일들이 떠올랐다.

청량리 창고에 딸린 지하실 방에서 어머니와 함께 살 때 일도 떠올랐다. 운동권 동기에게서 전화가 왔다.

"형, 교대 앞인데 비도 오고 잘 데가 없는데 하룻밤만 재워 줘요."

"야, 힘들다. 너 쫓기는 건 아는데…… 나, 어머니하고 같이 사는데 지금 빗물이 방으로 넘쳐서……."

전화를 끊고 나서 나는 얼마나 미안해했던가.

산골에서 돼지 기를 때도 고향 친구한테서 전화가 왔었다. 사법고시 공부를 하는 친구였다. 몸이 많이 아프다며 산속에 있는 농장에 와서 쉬고 싶다는 전화였다. 나는 그때도 어머니와 같은 방을 쓰고 있어 힘들다고 말할 수밖에 없었다.

친구와도 같이 쓸 수 없는 집과 방이란 무엇인가, 하는 생각을 하며 끼적끼적 까치와 미루나무에 대한 글을 써 보았다.

## 어느 해 봄
## 한없이 맑던 시작과
## 흐린 끝

햇살 맑은 아침이었다. 앞산 능선에 제일 먼저 연초록 파마머리를 한 것은 다래 덩굴이었다. 아, 그 다래 덩굴과 더불어 빛깔의 샘이었던 연분홍 진달래꽃. 봄이면 한바탕 몸살을 앓는 그 생명의 붉은 알레르기. 모든 것이 끼끗하다는 이미지로만 가득 찬 그날. 나에게도 봄날이 찾아왔다. 내가 사랑했던 당신이 봄비의 속삭임처럼 내게 감미롭게 다가왔던 것이다. 아으, 그날이 진정 내 봄날의 시작이었다.

"저는 H라고 합니다. 저를 기억하시겠어요?"

나는 수화기에서 흘러나오는 H라는 소리에 깜짝 놀라 무선 전화기를 떨어뜨릴 뻔했다. 당신이 내게 전화를 건 그 순간, 나는 돼지 자궁 속에 옷소매 걷어붙인 팔을 팔뚝까지 집어넣고 미끄러운 발가락만 잡히는 돼지 새끼를 꺼내려 하고 있었다. 나는 무릎을 꿇고 엎드린 자세에서 왼손을 뻗쳐 벨이 울리는 수화기를 집어 들었다.

나는 돼지 자궁 속에서 손을 뺄까도 생각했지만 그렇게 쉽게 포기할 수 없었다. 나는 그때 돼지 자궁 속에서 죽은 새끼 돼지를 일곱 마리 꺼내 놓고 여덟 마리째 새끼를 꺼내려 하고 있었다. 그런데 의외로 온기가 느껴지는, 살아 있음이 분명한 돼지 발가락이 손에 막 잡힌 순간이었다. 어미 돼지가 통증을 느끼는지 간헐적으로 자궁을 조일 때마다 팔목이 찌릿찌릿 저렸다. 나는 손가락에 잡힌 마늘 조각만한 돼지 발톱이 내 손끝에서 빠져나가지 않도록 안간힘을 썼다. 자궁 속은 양수와 분비액으로 미끄덩거렸다.

"기억하다니요. 섭섭하게. H씨가 다닌 학교 친구들도 찾아보고 H씨 고향으로 찾으러 내려가려고 했었어요. 그런데 지금 어디 계시는 거예요?"

"다시 서울에 올라왔어요. 퇴직금을 받으러 가려고 하는데 시간이 남아서 그림도 볼 겸 예술의전당에 와 있어요. 개나리가 너무 환하게 피었어요. 시간 있으면 나오실래요? 제가 퇴직금 받아 한잔 살게요. 개나리꽃에 제가 다 젖는 것 같아요. 봄이에요."

"잠깐만 기다리세요. 지금 막 나오려고 해요."

"뭐가요?"

"예, 저는 지금 돼지 새끼를 받고 있거든요. 돼지 자궁 속에 제 손이 들어가 있어요."

"예?!"

돌아오는 일요일 조계사에서 H를 만나기로 하고 전화를 끊었다. 나는 힘들게 새끼 돼지를 꺼냈다. 돼지는 호흡이 정지된 상태였으나 혀를 깨물고 있지 않은 것으로 미루어 보아 죽은 상태는 아니었다. 나는 돼지의 입과 코 주위에 묻어 있는 미끈한 분비액을 제거하고 인공호흡 첫 단계로 돼지 콧구멍을 힘껏 빨았다. 내 입 속으로 빨려 나온 이물질을 뱉고 돼지 콧구멍으로 바람을 불어넣었다. 한참 같은 동작을 반복하자 돼지는 숨을 쉬기 시작했다. 돼지는 책에서 공부한 대로 첫 호흡이 들숨이었다. 나는 돼지를 거꾸로 들고 등을 탁탁 두어 번 쳤다. 그러자 돼지는 반가운 비명소리를 질러 댔다. 나는 실로 탯줄을 묶어 주고 소독된 가위로 한 뼘 정도 매달린 탯줄을 끊어 버렸다. 다음으로 돼지의 앞니 네 개를 니퍼로 잘랐다. 좀 잔인하다는 생각이 들었으나 어쩔 수 없었다. 이빨을 자르지 않아 어미 돼지의 젖에 상처가 나 염증이라도 생기는 날이면 그 폐해가 새끼 돼지에게 돌아가고 만다. 그뿐 아니라 젖이 튼튼하지 못한 어미 돼지는 어미 돼지로서의 존재 가치를 상실하게 되어 도태의 길을 가는 수밖에 없다. 산 새끼 돼지를 보온등이 켜진 플라스틱 우리로 옮겨 놓고 다시 죽은 돼지 새끼 네 마리를 더 꺼낸 뒤 일을 마무리했다.

나는 팔뚝에 묻은 돼지 피와 돼지 질 세척제인 베타딘을 톱밥과 헌 옷가지로 닦고 나서, 분만틀 난간에 걸어 두었던 잠바를 뒤져 담배를 꺼내 물었다. 분만틀에 드러누워 있는 거구의 암퇘지는 가쁜 호흡을 하다가 통증을 견디기 힘든지 긴 숨을 내뿜곤 했다. 돼지의 젖통은 땡땡 불대로 불어 건드리면 터질 것 같았다. 거무튀튀한 색에서 짙은 선홍빛으로 변해 있는 외음부에서는 검은 피가 뚝뚝 떨어졌다. 돼지가 임신 기간인 백십사 일을 초과하고도 며칠째 새끼를 못 낳으면 자궁에 손을 집어넣어 인위적으로 새끼를 꺼내기도 한다. 허나 돼지는 대개가 골반 입구의 직경이 태아의 가장 굵은 횡단면보다 두 배나 커서 분만이 용이한 편이라 그런 경우는 극히 드물다.

아무튼 산 돼지를 꺼내는 순간에 전화가 걸려 왔고, 생성 모태인 자궁 속에 손이 들어가 있는 상황에서 전화를 받았다는 사실은 H와의 만남이 좋은 쪽으로 흘러갈 것만 같다는 암시를 주었다. 나는 기분이 들떠 있었고 H를 만나고 싶은 열망에 사로

잡혔다. 농장을 비울 수만 있다면 나는 당장 H에게 달려나가고 싶었다. 가슴에서 뭔지 모를 그리움이 아지랑이처럼 피어나는 봄이 아니었던가. 아, 달려나가 환히 개나리꽃에 흠뻑 젖어 있는 당신에게 나를 적시고 싶은 마음이 얼마나 간절했던가.

## 흐린 날의 연서

까마귀산에 그녀가 산다

비는 내리고 까마귀산자락에서 서성거렸다

백번 그녀를 만나고 한 번도 그녀를 만나지 못하였다

예술의전당에 개나리꽃이 활짝 피었다고

먼저 전화를 걸던 사람이

그래도 당신

검은 빗방울이 머리통을 두드리고

내부로만 점층법처럼 커지는 소리

당신이 가지고 다니던 가죽가방 그 가죽의 주인

어느 동물과의 인연 같은 인연이라면

내 당신을 잊겠다는 말을 전하려고

전화를 걸어도 받지 않고 독해지는 마음만
까마귀산자락 여인숙으로 들어가
빗소리보다 더 가늘고 슬프게 울었다
모기가 내 눈동자의 피를 빨게 될지라도
내 결코 당신을 잊지 않으리라
그래도 당신

# 장항선

용두동 형 방에 갔다. 칼잠을 자면 잘 수도 있었으나 불편할 것 같아 집을 나왔다.

작업복과 트레이닝복 각 한 벌, 책 몇 권, 쌍절곤 하나가 든 체크무늬 트렁크를 들고 서울역에 내렸다.

밤 아홉 시. 중학교 때 테니스 선수를 하던 친구 경수가 시합을 다녀와서, 유리창 하나가 한 층인, 문 하나만 열어 놔도 금방 표시가 나는 유리로 된 건물이 서울에 있다고 자랑을 늘어놓던 대우빌딩 쪽으로 길을 건너갔다.

서점으로 들어갔다. 책을 한 권 사 읽으며 밤샘을 하자는 결심을 굳히며 월간지 《문학사상》을 샀다. 두 시간 반만 지나면 통행금지가 될 것이다.

서울역 대합실은 떠나고 돌아오는 사람들로 붐비고 있었다.

싸구려 트렁크를 든 교복 입은 학생을 화장실 거울 속에서 만나 표정을 살피다가 대합실 안 의자 하나를 잡고 앉았다. 내가 의자에 앉자 의자는 일하기 시작했다.

문학지에 실린 시를 먼저 읽고 소설을 천천히 읽었다. 내가 문학지에 실린 소설을 처음 읽은 것은 중학교 때였다. 국숫집(기계로 국수 가닥을 가늘고 길게 뽑아 나무틀에 걸어 말린 후, 일정한 크기로 자른 국수 가닥을 한 관 두 관 묶어 팔던 집)을 하던 인섭이네 집에서였다. 인섭이도 공부를 잘했고 나도 공부를 잘하는 축이어서 모여 공부한다고 인섭이네 집에 가면 인섭이 어머니는 좋아하며 우리들에게 먹을 것을 갖다 주기도 하셨다. 우리들은 공부보다는 주로 여학생 중 누가 더 예쁜가를 속닥였다. 여학생들이 예뻐졌다 말았다 하다가 인섭이가 잠들면 나는 할일이 없어져 책장에 꽂혀 있는 책들을 읽었다. 그러다가 어느 날 문학지에 실린 소설을 읽어 보았고 소설 속에 등장하는 여간내기가 아닌 사람들의 삶에 재미를 느꼈다. 인섭이네 아버지가 신경림 시인의 시에 나오는, 문학 공부를 같이 하던 고향 친구 분이라서 집에 문학지가 있었던 것 같다.

갑자기 주위가 소란스러워졌다. 제복 입은 사람들이 대합실 바깥으로 사람들을 내쫓고 있었다. 눈앞이 아뜩했다. 대합실에서 밤을 보낼 수 없다면 어찌해야 한단 말인가.

대합실에서 쫓겨난 나는 먼저 돈을 헤아려 보았다. 발전소에 가서 한 달 동안 실습을 하고 오라고 학교에서 준 왕복 차비 이외에 내가 가진 돈은 거의 없었다. 여유 돈이 없어 여관에서 잘 수도 없고 어디 갈 데도 없고 난감했다. 통행금지 시간이 다가오자 질주하는 차 소리가 더 거칠게 들려왔다. 이학년 때 문학지에 단편소설을 응모하러 왔을 때 보았던 우체국 옆 파출소가 떠올랐다.

교복을 입고 트렁크를 든 내가 파출소로 들어가자 경찰 아저씨들이 멀뚱히 쳐다보았다. 모자를 벗으며 인사를 하고, 학생인데 갈 곳이 없다며 내일 아침까지만 있을 수 없겠냐고 부탁해 보았다.

"당신 같은 사람들 하루 수백 명씩 와. 안 돼."

통사정을 해도 먹히지 않아 파출소 문을 나섰다. 나처럼 갈 곳 없는 사람들 여러 명이 서성이고 있었다. 형 집에서 그냥 잘 걸, 하는 후회가 일었다.

"학생 잘 데가 없어서 그러지?"

덩치가 왜소한 젊은 청년이 말을 붙여 왔다.

"나도 시골 사람이야. 겁먹을 건 없어. 서울 와 살면서 뭐 좋은 일 하며 살 게 없을까 생각해 보았는데 뭐 큰일은 할 수도 없고 해서, 방이 크니까 잘 데 없는 사람들이나 재워 주면 되겠다 싶어 이렇게 나왔어. 가서 하루 편히 자고 가라고. 염려하지 말고. 미안해할 것 없어. 학생도 이다음에 좋은 일 하며 살면 되지 뭐."

나를 위아래로 훑어보는 눈빛이 싫었다. 내 행색을 빨리 파악하고 나도 시골 사람이란 말을 건넨 저의가 의심스럽기도 했다. 또 만약 트렁크 깊이 감춰 둔 차비를 빼앗긴다면 어찌할까 걱정도 되었다.

"잠자는 데 천 원."

구세주 목소리가 들려왔다. 천 원을 주기로 하고 아줌마 뒤를 따랐다. 나 외에도 할머니 한 분과 청년 한 명이 뜻을 같이했다.

"학생 큰일 날 뻔했어. 아까 그놈 호모여. 따라갔으면 잠 한숨 못 잘 뻔했어. 밤만 되면 매일 나오는걸."

"네!"

아줌마를 따라 세 사람이 들어선 방은 관짝 하나 크기에 광만 한 뼘 정도 넓었다. 세 사람 전부 상상했던 것보다 방이 작다는 데 실망한 눈치였으나, 그래도 잠시 몸을 앉혀 쉴 수 있다는 안도감에 곧 안색이 밝아졌다.

청년이 안쪽 벽에 기대앉으며 자리를 잡았고, 할머니와 나는 다리를 어긋나게 놓고 마주보며 간신히 자리를 잡았다. 먼저 말을 꺼낸 사람은 할머니였다.

"젊은 사람들이 어쩌다 고생이 많구먼. 하긴 젊어서는 사서도 고생을 해본다지만 방이 좁아도 너무 좁아 다리를 펼 수가 있어야지. 나도 늙은이가 사서 고생이지. 아들한테 연락만 하고 올라왔어도…… 우리 아들들은 다 택택하게 잘사는데……."

무릎 위에 올려놓은 보따리를 붙들고 주절주절 말하는 할머니의 반지에서 가난의 냄새가 났다. 할머니 집에 가면 그 반지 냄새가 가득 퍼져 있을 것 같았다. 한 집의 냄새를 지배하는 냄새는 할머니들의 반지 냄새일 거라는 생각이 불현듯 들었다.

벽에 기대앉은 청년이 무심결에 윗주머니에서 담배를 꺼내려다 다시 집어넣었다. 청년의 팔뚝에 담뱃불 자국이 있었다.

"우리 아들은 합기도 사범이야. 몸이 이렇게 좋아."

나는 할머니가 왜 그 순간에 아들이 하는 일을 구체적으로 말했는지 알 수 있을 것만 같았다.

청년이 모로 누워 태아처럼 몸을 구부렸다. 나는 트렁크 배를 쫙 열고 책을 꺼내는 척하며 내용물들을 꺼내 보였다. 작업복과 체육복 외에 별다른 것이 없다는 것을 보여주고 싶었다. 그리고 내가 취미로 오래 다룬 쌍절곤도 보여주고 싶었다. 쌍절곤 쇠사슬 소리가 나자 청년이 눈씨를 주었다.

"아,. 이거요? 저도 할머니 아드님처럼 운동을 좋아해서요."

청년은 가늘게 코를 골며 잠이 들었고 할머니는 세운 무릎에 보따리를 끼고 졸았다.

나는 문학지를 넘기며 시간을 보냈다. 우리 학교는 특수목적 고등학교라서 방학이 없고 전교생이 다 한국전력으로 실습을 나가야 했다. 일학년 여름방학 때는 전공과 무관하게 실습 장소를 선택해도 된다고 해 집에서 가까운 충주 변전소로 실습을 떠났다. 그때 나는 시골 가서 뭐 하며 시간을 보낼까 궁리하다가, 청계천 헌책방에 가 문학지 오십 권을 오천 원에 사서, 싸 들고 내려가 방학 내 읽었다. 책을 읽다 보니 같은 반 친구 이름이 몇 번 나왔다. 이 달의 신인 응모작 난이었다. 희곡 부문에 흔하지 않은 친구 이름이 적혀 있었다. 방학이 끝나자마자 그 친구에게 물었다.

"그거 내가 중학교 때 써서 응모한 거야. 난 셰익스피어를 능가하는 위대한 희곡 작가가 되고 싶어. 셰익스피어 원전하고 셰익스피어 사전도 있어. 그런데 네가 그걸 어떻게 알았냐?"

그 후 그 친구와 나는 죽이 맞아 같이 문학 공부를 하기로 의기투합했다. 여학생들이 가득 탄 버스에서 오정희 단편집 《불의 강》에 대해서 토론을 하기도 하고 '이상문학상'이 어떠니 떠들며 문청 시절에 접어들었다. 내가 군산 화력발전소로 실습을 가게 된 것도 지원자가 없는 곳에 지원하여 같이 방학을 보내자는 그의 제의에서였다.

깜박 졸다 눈을 뜨니 청년은 가고 없었다. 나는 돈을 확인해 보려고 트렁크 지퍼를 열었다. 지퍼 열리는 소리에 잠이 깬 할머니가 머리카락을 추슬렀다. 돈은 그대로였다.

나는 트렁크를 머리에 이고 서울역을 향해 뛰었다. 지폐와 만나면 침묵하는 동전이 저희들끼리 만나 주머니에서 짤랑댔다.

기차는 도회지를 빠져나와 들판을 달렸다. 거세진 빗줄기가 유리창을 때렸다.

유리창 아래 턱진 곳에 붙여 놓은 트렁크를 보며 트렁크에 그려진 체크무늬를 보며 나는 왠지 모를 슬픔에 젖어 들었다. 죽겠어…… 그래도 대학 가려면 공부하는 수밖에 더 있니…… 고향 친구 편지가, 내가 사람들을 지독히 의심했던 어젯밤 일들이, 그리고 고향의 늙은 부모님이 떠올랐다. 나는 창을 보고 소리 없이 울었다. 얼마를 더 갔을까. 마주한 의자에서 담소를 나누던 신사 세 분이 역무원 아가씨에게 커피를 시키며 내 것도 한잔 시켜 주었다. 고맙다고 인사를 하고, 내리는 빗줄기를 보며 나는 따듯한 커피를 마셨다. 나는 그때 커피라는 음식을 처음으로 마셔 보았다.

종착역인 장항 쪽으로 내려오면서 타는 손님들의 사투리가 더 짙어졌다. 빗줄기도 점점 더 굵어졌다.

장항에서 군산으로 가며 난생 처음으로 배에 몸을 실어 보았다.

나는 동료들과 만나기로 한 고속버스터미널로 갔다. 친구들이 보이지 않았다. 약속 시간은 벌써 지나 있었다. 내가 착각을 했나 싶어 역전에 가 보기로 했다.

빗줄기는 더 굵어져 삼대 같은 비가 내리고 있었다. 건물 처마 끝에서 뛰어나가 우산 쓰고 지나가는 여고생에게 다가갔다. 여고생은 흠칫 놀라며 체크무늬 트렁크를 든 나를 쳐다보았다. 길을 물었다. 여고생은 뒤돌아 손짓으로 길을 가리켜 주다가 비에 폭삭 젖은 내 모습을 보고 바래다준다며 우산을 내밀고 오던 길을 되돌아섰다.

"처음 보는 교복이네요."

"예, 서울서 학교 다니는데 발전소에 실습하려고 내려왔어요."

여학생은 외국어로 된 특이한 이름의 학교에 다니고 있었다.

한 달에 한 번 외출과 외박이 있는 기숙사 생활.

학교 주위에는 논과 배밭뿐이어서 여학생들을, 아니 젊은 여자들을 보지도 못했다. 선생님들 중에도 여선생님은 한 분도 계시지 않아 우리가 볼 수 있는 여자는 식당 아줌마들뿐이었다.

우산이 좁아 여학생의 교복이 자꾸 젖었다. 나는 이미 젖어서 괜찮다고 우산을 여학생 쪽으로 밀었다. 여학생이 자기도 괜찮다며 내 쪽으로 되밀었다. 우산이 비를 막아 줄 수 있는 곳은 두 사람의 얼굴뿐이었다.

종내 우울했던 마음은 어느새 사라지고 마음이 경쾌하게 튀어 오르는 빗방울처럼 가벼워졌다. 여학생이 낯선 나에게 받쳐 준 우산이, 따뜻한 마음이 내 마음 속 우산이 되어 내 우울함을 막아 주어서인 것 같았다.

낯선 도시에서 따뜻한 마음의 여학생과 걸으며 내 몸 전체는 따뜻한 빗방울 하나가 되는 것 같았다.

역전에 다다르자 기다리고 있던 동료 십여 명과 마중 나온 한전 직원들이 일제히 박수를 보냈다.

"야 인마, 어떻게 된 거야?"

"늦게 오면 어떡해."

"늦긴 뭐가 늦어 빠른데!"

여학생에게 고맙다고 인사를 하고 동료들이 기다리는 곳으로 뛰어가며 나는 들었다. 빗방울과 땅이 부딪히며, 내 젊은 날에서 우울한 마음을 걷어 내 보라고 힘차게 쳐 주는 박수 소리를.

# 개에 대하여

산골에서 개를 기른 적이 있습니다. 개만 기른 게 아니라 돼지, 소, 염소도 같이 길렀습니다. 주로 기른 것은 돼지고요, 돼지 기르며 남는 자투리 시간을 생산적으로 쓰려고 다른 가축들을 길렀습니다.

그러던 어느 날이었습니다. 한밤중에 개들이 짖어 댔습니다. 산짐승이 지나가서 그런 것 같았습니다. 전에도 그런 적이 있었거든요. 개들이 하도 요란스럽게 짖어 낯선 사람이 왔나 싶어 손전등을 들고 나가 보았는데 아무도 없는 거 있죠. 왜들 그래! 소리치며 산 쪽으로 불빛을 훑자 부스럭거리며 산짐승이 도망가는 거였습니다. 그 후로도 몇 번 더 속은 적이 있지만 경험이 쌓인 후에는 더 이상 속지 않았습니다.

그날도 별 대수롭지 않은 일일 것이라고 쉽게 판단을 내렸습니다. 왜냐하면 기르고 있는 개 백오십 마리가 한꺼번에 다 짖어 대는 게 아니었습니다. 몇 마리씩 돌아가며 짖어 대는데 침입자가 나타났을 때와는 달리 절실함이 울음소리에 배어 있지 않았습니다. 거기다가 계속 짖는 것도 아니고, 몇 마리씩 돌아가며 간헐적으로 짖어 대는 것이었습니다. 바깥에 나가 보지 않아도 된다는 판단을 쉽게 내릴 수 있었지요.

혹 개들을 여러 마리 우리에 몰아넣고 길러 본 적이 있는지요. 공동생활을 시키면 개들은 똥을 가리지 못합니다. 똥을 가리기 때문에 가리지 못한다는 말이지요. 서로 이곳이 더러운 곳, 똥을 누어야 할 곳이라고 판단하는 기준이 다르다는 얘기입니다. 그래서 이곳저곳에 똥이 널려 있는 거 있죠. 돼지들은 그렇지 않습니다. 한 놈이 먼저 똥을 누면 그곳을 똥 누는 장소로 정해 버리고 이를 잘 지킵니다. 단체생활 능력 면에서 보면 개보다 돼지가 한 수 위인 셈입니다. 물론 똥 가리는 것 말고 다른 것들도 다 감안해서 말입니다.

잠은 깼고 가만히 누워 있자니 오만 가지 생각이 다 들었습니다. 전생에 무엇이었기에 산속에 들어와 가축 똥이나 치우고 있는가. 곁에 잠들어 계신 어머니 말마따나 두 형제가 소똥, 개똥, 돼지 똥이나 구루마에 싣고 왔다갔다하고 있으니 정말 알다가도 모를 일입니다.

며칠 전 형이 겪은 일입니다.

해질 무렵에 전화를 받았습니다. 우리 집에서 사 간 개를 개장수가 이웃마을로 넘어가는 살구골 저수지 근처에서 놓쳤다고 빨리 와서 잡아 달라는 전화였습니다.

형이 가서 혀를 차며 개를 부르자, 개가 다가오기는 다가오는데 일정한 거리를 두더라는 겁니다. 잡으려고 하면 멀리 도망가지도 않고, 꼭 그만한 거리로 도망가서 앉아 있고 앉아 있고 하더랍니다. 이장해 간 무덤 자리가 움푹움푹 패인 곳에서 그렇게 개를 쫓다 보니 해는 지고 무엇에 홀린 것 같기도 하더랍니다. 그러다가 어찌어찌 개를 붙들고 그 개를 개장수한테 넘기는 순간 개가 형을 쳐다보는데 영 못 할 짓이었답니다. 그래도 어떻게 할 수가 없었답니다. 그 개장수는 우리 집에서 개를 사 가는 단골인데, 우수 고객인데…… 형의 심정이 어떠했을지는 짐작이 가고도 남습니다.

수년 전 일이 떠오릅니다. 춘천 사는 친구 박이 월성 사는 친구 조와 채에게 놀러가자는 거였습니다.

친구 박은 친구 조와 채에게 개고기를 사 가지고 가자고 했습니다. 조와 채는 나와 고등학교 동기고 발전소를 같이 다니며 글도 같이 썼던 친구입니다. 두 벗이 자취를 하고 있어 뭔가 사 가긴 사 가야 하는데…… 같이 걱정하던 박이 개 뒷다리나 한 짝 사 가자고 결론을 내렸습니다.

새벽부터 개고기 파는 집을 물어물어 찾았습니다. 드디어 찾아낸 집은 도시에도 이런 집이 있을까 싶을 정도로 허름했습니다. 처마가 낮은 양철 지붕을 돌아 양철 대문을 덜껑 열어젖혔습니다. 담 밑을 따라 길게 철망으로 지어진 개 아파트에 감금되어 있는 개들이 일제히 우리를 바라보았습니다. 혹시, 자기를 버렸던 주인이 잘못을 반성하고, 찾으러 온 건 아닐까 하는 기대에 깊이 절어 있는 듯한 눈빛이었습니다. 개장수는 개 아파트 앞 수돗가에서 개를 잡고 있었습니다. 우리가 흥정하는 동안에도 개들은 혹시 자기를 구해 줄 사람이 아닌가 하는 간절한 눈빛을 보내고 있었습니다. 만약 거기서 아무 똥개나 구출해 온다 해도 틀림없이 충견이 될 것 같은 눈빛이었습니다.

개 뒷다리 한 짝을 사 들고 나오면서 차마 개들을 쳐다볼 수가 없었습니다. 인간에 대한 실망과 생명을 잡아먹으며 생명을 연장해 가는 생명에 대한 환멸로 개들이 고개 트는 모습을 볼 수 없었습니다.

개들이 또 짖습니다. 자리에서 일어나지 않았습니다. 문을 열고 나가지는 않았습니다. 개 소리가 적막을 찢어발기는 파열음이 아니라 어둠 속에 의견의 터널을 뚫는 수준이었기 때문입니다. 다시 개 소리가 잠잠해졌습니다. 냉장고에서 보일러 소리가 납니다. 차게 하는 놈이나 덥게 하는 놈이나 같은 소리를 내는 순환 펌프를 돌리고 있다는 사실이 새롭습니다.

어제 낮에는 이런 일도 있었습니다. 식전 일을 끝내고 밥을 먹는데 전화벨이 울렸습니다. 큰 개를 한 마리 잡아 놓으면 가지러 온다는 주문이었죠. 개를 한 마리 고르고 올가미를 씌워 끌고 나왔습니다. 형과 같이 줄을 당겨 개를 목매달고 그 줄을 묶어 놓고는 마음이 편치 않아 딴 일을 하려고 그 자리를 떴습니다.

막 젖을 뗀 새끼들을 풀어놓은 개장에 손수레로 마사토를 한 차 갖다 부을 때였습니다. 개들이 난리를 치며 짖어 대는 거였습니다. 웬일인가 큰 개들이 있는 둑길 아래를 내려다보았습니다. 목매달아 놓은 개를 다른 개가 일어서서 떠받치고 있는 게 아니겠습니까. 떠받치고 있는 개는 아랫동네에서 사온, 며칠 후면 새끼를 낳을 때가 되어 우리 밖에 풀어 놓은 개였습니다.

형이 쫓아 내려가 목매달은 개를 떠받치고 있던 개를 쫓아 버리자 개들은 일시에 고자누룩해졌습니다. 워낙 개를 잡는 날이면 개장의 분위기가 착 가라앉고, 개들은 그 좋아하는 장난도

치지 않고 시무룩하거든요. 올가미를 더 당겨 고쳐 매고 오는 형의 표정이 어두웠습니다. 무엇엔가 목매달려 개를 기르고 잡아 주면서라도 살아 내야 하는 형의 삶이, 땅에 닫지 않는 발로 허공을 차며 버둥대는 개의 상황과 크게 다르지 않다는 생각을 떠올렸을지도 모를 일입니다.

나는 벌떡 일어나 손전등을 들고 바깥으로 나갔습니다. 개들이 심상치 않게 짖어 대고 있었습니다. 윗집 농장에 혼자 살고 있는 돈부(돼지 기르는 일꾼을 그렇게 부름) 할아버지가 안개 속에서 밭은기침을 토하며 다가오고 있었습니다.

"여름에 자식들 놀러오면 잡아 주려고 사다 놓은 병아리 서른 마리를 뭐가 다 물어 가서 이 집은 별일 없는가 보러 왔네."

"밤새 우리 집도 개가 짖기는 짖었는데 한번 둘러보지요, 뭐."

우리 집에서 제일 약한 짐승이 있는 토끼장을 둘러보고 강아지들이 있는 개장으로 다가갔습니다.

우뚝 발을 멈추었습니다. 젖을 뗀 여덟 마리의 강아지를 가두어 놓은 개장 철망 앞에 병아리 서른 마리가 날개를 늘어뜨리고 마치 개집 테두리처럼 놓여 있는 것이었습니다.

손전등 불에 노출되자 파란 인광을 떨구며 퉁퉁 불은 젖꼭지를 늘어뜨린 채 철망 주위를 맴돌고 있는 어미 개를 보는 순간 상황이 쉽게 정리되었습니다.

"허이, 이 맹랑한 놈 봐라!"

할아버지는 어미 개를 부드럽게 나무라시며 허허 웃었습니다.

"할아버지, 강아지로 드릴게요."

"좀더 크면 나중에 한 마리만 줘."

"이 병아리들은 다 어떡하죠?"

"죽 끓여서 저 에미 개 소원이나 풀어 주지 뭐."

돼지들에게 사료를 줘야 한다고 할아버지가 간 다음에 나는 겁을 잔뜩 먹은 어미 개를 불렀습니다. 그리고 그냥 머리를 쓰다듬어 주었습니다.

안개가 유난히 자욱하게 낀 날에 있었던 일입니다.

# 느티나무

참으로 오랜만에 그대가 고향에 돌아왔다.

앞산은 절개 곧은 선비의 이마처럼 번듯하고, 뒷산은 머슴의 어깨처럼 듬직하며, 마을을 휘돌아 흐르는 개울 물소리는 청량하고, 청솔가지를 읽고 지나가는 바람소리는…… 아아, 그대가 다시 고향에 돌아왔다.

고향이 누구에게나 푸근하고 따뜻한 기억으로 다가오는 것은 아니다. 그대가 고향에서 살았던 유년은 가난과 상처의 나날들이었다. 그래서인지 그대는 될 수 있는 한 고향의 기억에서 멀리 도망치려고 했었다.

그러던 그대가 고향에 돌아와 나, 당산 느티나무를 바라다보고 있다. 그대를 고향으로 다시 돌아오게 한 힘은 어디에 있었던가.

그대 집안이 파산하여 빚잔치하고 고향을 떠나던 날이었다. 그대는 빚쟁이들이 트럭을 붙들어 늦고 지친 이삿짐을 먼저 보내고 집으로 가는 길을 뒤돌아보고 또 돌아보며 버스를 기다리고 있었다. 무거워진 마음만큼 버스는 좀처럼 오지 않고 두부처럼 가슴 눌리고 있을 때 그대에게 다가온 자전거처럼 깡마른 우편배달부 아저씨를 그대는 기억한다. 그대는 또 무슨 빚 때문일까, 가슴이 툭 멎는 듯했다. 그 아저씨는 할말이 있다며 그대를 다방으로 데리고 갔다. 그 아저씨는 뜻밖에도 그대의 손목을 잡아 주었다. "우리가 하는 일에도 즐거운 일, 그렇지 않은 일이 있다네. 자네가 공업고등학교를 졸업하고 꼬박꼬박 부쳐 오던 전신환, 자네 부모만큼 나도 고마웠다네."라고 말하며 어디를 가든 열심히 살라는 말로, 낮달처럼 쓸쓸히 고향 떠나던 그대의 가슴에 따뜻한 우표 한 장 붙여 주던, 자전거처럼 깡마른 우편배달부 아저씨. 그러한 따뜻한 기억이 그대를 왕복엽서처럼 고향에 돌아오게 만들었다.

그대도 이제 보았지 않은가. 망자들마저 불러 저리 잔치를 벌여 주는 고향의 마음. 추석 한가위, 흩어졌던 곡식의 낟알도 저리 한 세대를 살고 곳간에서 다시 만나는 고향의 가을.

그대 이제 고향에 자주 오라. 그대 고향 마을 들목에 있는 나,

느티나무는 그대 아팠던 기억마저 따뜻하고 푸근한 보름달로
머리에 일지니.

# 출발

공기 속으로 퍼져 나가는, 소나무의 삶처럼 단아한 소나무 향기. 그 혼백의 흩날림. 나는 수십 개의 이빨을 몸통에 박고 있는 톱을 소나무 밑둥치 곁에 내려놓았다. 나무를 켜느라 달아오른 열기가 아직 남아 있는 손바닥으로 톱밥을 쓸어 움켜잡았다. 푹신하면서 차갑고 촉촉한 톱밥 한 움큼. 거대한 소나무가 한 줌의 톱밥만 남기고 이리 허망하게 쓰러질 수 있단 말인가.

나는 소나무가 쓰러지며 유서처럼 남긴 나이테를 들여다보았다. 나이테는 씨앗이 떨어진 지점을 축으로 하여 둥그런 테로 각인되어 있었다. 일기장을 일기장이 감싸고 또 일기장을 일기장이 감싸 주고 있었다. 나는 톱밥 움켜쥔 손을 숫자가 하나씩 더해질 때마다 까딱까딱 흔들며 나이테를 헤아려 나갔다. …… 스물여덟 …… 서른넷. 이상하다 싶어 다시 헤아려 보아도 서른넷. 어느 책에선가 읽은 기억에 의하면 소나무는 일 년에 평균 0.5센티미터씩 굵어지고 그것으로 소나무의 수령을 유추해 볼 수 있다고 하지 않았던가. 소나무의 굵기로 보아 나이테의 숫자는 훨씬 더 많아야 한다. 그런데 왜 아무리 헤아려 보아도 서른네 바퀴밖에 되지 않는 걸까. 나는 이상한 생각이 들기 시작했다. 그렇다. 나는 분명 군대를 제대했다. 군복을 입고 창설 부대에서 육 개월 동안 나무만 베어 넘기던 나는 분명 기억 속의 나다. 아, 이건 꿈인지 모른다. 분명 꿈이다. 꿈. 아스라이 꿈에서 깨어나던 나는 꿈속에서처럼 느껴지는 손바닥의 차가운 감촉에 섬뜩 놀라며 꿈의 문을 덜컹 열어젖혔다.

아직은 미명이라 방 안 가득 어둠이 고여 있었다. 어두운 공기 속에서 술냄새가 풍겨 왔다. 아마도 공기 속에 가만히 가라앉아 있던 술냄새가 내 몸이 움직이며 공기에 흐름을 가하자 깨어난 듯했다. 나는 손에 쥐고 잠들었던 만 원짜리 지폐 두 장 크기의 유리 액자를 든 채 벽 쪽으로 다가갔다.

탈칵.

어둠 속에서 형광등은 몹시 외로웠던지 고개 들어 한번 쳐다봐 주자 그때서야 빛의 기지개를 켜며 발광하기 시작했다. 이 순간을 오지의 원주민이 지켜보았다면 나를 영험한 능력을 가진 주술가로 보았을 것이다. 방 안 가득 괴어 있던 어둠을 손가락 하나만 까닥 움직여 마술처럼 어디론가 감쪽같이 없애 버리다니…….

나는 네 마리 학이 가운데 떠 있는 달을 정점으로 날아오르는, 다소 조악한 그림이 그려져 있는 담요 속으로 다시 파고들어 갔다. 눈동자에 붙어 있는 잠을 털어 내려고 머리채를 몇 번 흔든 후 손에 들려 있는 유리 액자에 눈씨를 주었다.

스물세 살의 그녀가 웃고 서 있다. 그녀는 어깨까지 흘러내린 긴 머리를 하고 있다. 옷깃이 빳빳하게 살아 있어 단정하다는 느낌을 주는 잘 익은 모과빛 남방에, 털이 포슬포슬한 아이보리색 카디건을 걸쳐 입고 있다. 사진의 좌측 상단에서 우측 하단으로 대각선을 그으며 단풍나무의 가는 가지가 걸려 있다. 그 가지에 매달린 단풍잎들이 후광을 받아 온통 금빛으로 환하다. 그녀의 머리 위에 가볍게 얹혀 있는 단풍잎이 마치 여자들 미모대회 때 쓰는 금관 같다. 옅은 색 립스틱을 칠한 입술을 비집고 드러난 가지런한 치열 중에 돌출된 덧니가 하나 나 있다. 사진의 배경으로 그녀가 다닌 여자 대학의 대리석 건물이 펼쳐져 있다. 그 대리석 건물의 장중한 이미지와 대비되어서인지 커다란 키에 깡마른 그녀가 더 앳된 소녀처럼 보인다. 온통 금빛 단풍, 단풍처럼 환하게 웃고 서 있는 스물세 살의 그녀.

"사진도 돌려줘야 하니까 한번 만나지요."

"아니, 그냥 깨끗한 산에서 태워 버리세요."

그녀의 사진을 들여다보다 다시 잠들었던 나는 길게 이어지는 전화벨 소리에 잠에서 깨어났다. 나는 수화기를 끌어당겼다.

"고향 이모다."

이모라는 말에 벌떡 일어나 자세를 바로잡고 앉았다.

"어제 온다고 하고 연락이 없어 전화 걸었다. 어디 아프냐고 물어보란다, 어머니가. 그래, 어디 아프냐?"

"아뇨."

나는 일이 생겨서 직접 갈 수 없어 온라인 통장으로 돈을 입금시키겠다고 말하고 이모가 불러 주는 농협 통장 번호를 받아 적었다.

오늘 어머니는 충청북도 중원군 주덕읍에 이백만 원에 월세 이만 원짜리 방을 얻으실 것이다. 이백만 원. 내가 1996년 3월 30일까지 소설 원고를 넘기기로 하고 받을 나의 전 재산, 아니, 우리 가족의 전 재산.

형제들이 흩어졌다. 가을, 멍석 위 녹두 꼬투리에서 녹두알이 따뜻한 봄을 기약하며 사방으로 튕겨 나가듯. 빙 둘러 모여 섰던 운동선수들이 파이팅을 외치며 경기장으로 산개하듯.

"부도가 나서 해결될 때까지 서로 연락을 취하지 못하게 되었다. 이제 네가 어머니를 모셔라. 혹시 어머니가 돌아가시면 너 혼자 큰일을 어찌 치를까 걱정이다. 오형제가 다 떠나고 아직 장가도 못 간 너한테 이런 힘든 상황을 떠맡기게 되어 미안하구나."

나는 일주일 전 형의 전화를 받고 동두천 인근 산속 형이 살고 있는 농장에 갔다. 반년 만에 들른 농장은 을씨년스럽기 그지없었다. 새벽안개 속에서 뿔을 곧추세우고 서 있는 모습이 마치 선계에서 노는 것 같던 염소 무리의 그 흔하던 울음 한 소절 들려오지 않았다. 또 오줌을 장마철 빗물받이 통에서 물 쏟아지듯 갈기는 것을 보고 있자면 다른 놈이 다가와 까끌까끌한 감촉의 혓바닥으로 손등을 쓱쓱 핥으며, 당구공만 한 눈동자를 끔벅끔벅 거리던 젖소들도 보이지 않았다. 헬리콥터가 지나가면 골짜기가 떠나가라 짖어 대던 백여 마리의 개들도 눈에 띄지 않았다. 아침이면 먹을 것 달라고 꿀꿀거리던 오백 마리 돼지들의 생명력 넘치는 울음소리도 들리지 않았다. 다만 저 멀리 산 아래로 해가 지는 풍경만이 변함없이 쓸쓸하게 펼쳐졌다.

나는 솔숲을 훑고 지나가는 바람소리에 더 휑해진 마음으로 방문을 열고 들어섰다.

술 취해 널브러져 있는 형의 머리맡에는 수를 헤아릴 수 없을 정도로 많은 도장이 설치 미술 작품처럼 흩어져 있었다. 삐쩍 마르고 새까맣게 탄 형의 추레한 얼굴을 안쓰러운 마음으로 한참 내려다보고 있을 때 형이 잠에서 깨어났다.

"왔구나. 전해 들어서 알고 있겠지만, 가족이 풍비박산 났다. 나도 날이 새면 이곳을 떠날 거다. 너도 어머니 옷가지랑 너한테 필요한 것이 있으면 날이 새기 전에 챙겨 떠나거라. 결국 아무 쓸모없는 도장 삼천 개만 남았다. 이렇게 많은 도장 너도 처음 보지? 뭐, 사람은 죽어 이름을 남긴다더니 대리점 가게는 망해 도장을 남기는가 보다. 드럼통 화독에 태우면 백 마리 개가 먹을 짬밥을 충분히 끓이고도 남겠다. 삼천궁녀라더니, 도장 삼천 개만 남았구나."

형의 퀭한 눈에 금방이라도 눈물이 그렁그렁 맺힐 것만 같았다. 나는 아직 술이 덜 깬 형의 눈을 외면하고 끊긴 손가락 마디처럼 한쪽 끝이 붉은 도장들을 물끄러미 바라다보았다.

지난 일들이 떠올랐다. 형은 청량리에 있는 친척네 전자제품 대리점 가게에서 일을 했다. 그때 나도 대학에 다니면서 그 가게 일을 도왔다. 내가 할 수 있는 일이란 단순하고 간단한 일들이었다. 손님들이 월부로 물건을 사가면 나는 서류를 꾸미기 위해 서울 시내 도처를 다니면서 주민등록등본을 떼곤 했다. 어떤 날은, 대중교통을 이용해 천호동과 군포에 가서 등본을 떼고 나면 하루가 끝나기도 했다. 그리고 아주 가끔가다가 미군들이 물건을 사러 오면 어린 조카가 집으로 나를 부르러 오기도 했다. 나는 외국인과 같이 근무하는 원자력 발전소에서 사 년 넘게 근무한 적이 있어 간단한 회화는 가능했다. 헤드 클리너를 사러 왔던 흑인 병사의 누런 금니가 생각난다. 금으로 된 앞니 네 개에 알파벳으로 한 자씩 새겨져 있던 Love란 글자. 내가 무수히 보아 온 Love란 글자 중 가장 징그럽게 눈동자에 낙인을 찍어 주던. 또 사기를 치러 온 전과 십팔 범을 잡아 경찰서에 넘기던 일도 아련하다. 도장을 가지고 오지 않은 사람들에게 할부로 물건을 팔기 위해 새겨 주었던 삼천 개의 목도장.

"여자 빚쟁이들에게 머리끄덩이를 잡히며 물건을 처분하고 남은 저 도장과 서류 뭉치만 가지고 돌아오는데 눈물이 나더라. 사장은 어디론가 떠나고, 이제 나도 이곳을 떠나야 한다. 우루과이 라운드가 타결되고 더 이상 돼지를 기를 수 없게 되어 다 처분하고 네 형수랑 공장엘 다녔다. 그 공장 사장에게 가게 어음을 와리깡했었는데…… 이제 이곳에서 살 수 없게 되었구나."

형은 다시 술을 마시고 어딘가로 전화를 걸다 잠이 들었다. 나는 형이 잠든 방을 나와 어머니가 쓰던 건넌방으로 갔다. 오랫동안 사용하지 않은 방에서는 퀴퀴한 냄새가 났다. 나는 우선 어머니 옷가지들을 꺼내 보따리를 쌌다. 길쭉한 가전제품 종이상자에 옷가지를 넣고 나일론 끈으로 묶으며, 마치 어머니를 묶고 있다는 생각에 젖어 손끝이 파르르 떨려 오기도 했다. 다음으로 책상 서랍을 열어 앨범 갈피에서 사진들을 꺼내 작은 종이봉투에 담았다. 나는 천 권 정도의 책 중에서 백 권의 시집만 추려 라면 상자에 담고 짐 챙기기를 끝냈다.

형은 깊은 잠에 떨어졌고, 나는 택시를 불러 그 산속을 빠져나왔다. 오 년 동안 살던 곳에 이제 다시는 돌아오지 못하리라 생각하니 코끝이 찡했다. 돼지 출하 날 팔려 가는 돼지 삼십여 마리가 꽥꽥 비명을 지르며 새벽안개 속으로 사라지던 모습이 선하게 떠올랐다. 그 후 형과의 연락은 없었다.

나는 자리를 떨치고 일어나 이웃집과 맞닿아 있는 동쪽 벽으로 난, 메리야스 한 장 크기의 창문을 열었다. 창 밖에서 방안으로 뻗쳐 들어오는 햇살은 없다. 오히려 방 안에 켜 놓은 형광등 불빛이 아주 가깝게 닿아 있는 이웃집 벽에 희미한 빛을 드리웠다.

'내가 소설을 써 본다면, 나의 내부에서 희미하게 뻗어 나오는 흐린 빛줄기로 가장 가까운 이웃집 담벼락을 비쳐 보는 데 그치고 말리라. 아주 사적인 빛으로 나는 검은 활자를 어찌 찍어 나갈 수 있을까.'

열린 창으로 차가운 공기가 밀려들어왔다. 부엌으로 나가 연탄보일러에서 끓고 있는─물은 불에 저항한 만큼 따뜻하다. 저항의 극점인─물을 세숫대야에 떠놓고 수도꼭지를 틀어 찬물을 타 머리를 감았다. 그제야 술이 좀 걷히고 정신이 맑아졌다. 마치 머리에 모여 있는 취기를 오이비누로 씻어 내기라도 한 듯.

통장을 챙겨 든 나는 대문을 나서 골목길을 따라 내려갔다. 대문. 서울에도 대문이 존재하는가. 사대문 두고 그 곁, 개구멍 같은 갓길로 들락거리는 서울에서의 삶. 그러한 삶의 실핏줄 격인 골목길을, 내려가기만 하는 하수도 물처럼 나는 내려가고 있다. 작은 집들의 대문 곁마다 고양이들이 밤새 물어뜯어 음식 찌꺼기가 삐져나와 있는 종량제 쓰레기봉투가 이 시대의 명함인 양 놓여 있다. 나는 그렇지 않아도 술을 많이 마셔 속이 좋지 않은데다가, 골목에서 풍기는 역한 냄새에 비위마저 상해 눈물을 찔끔거리며 헛구역질을 했다. 아니 나의 무능력한 생활을 토해 내는 구토를 했다. 올바른 나의 구토. 나는 혼자 중얼거리며 비탈길을 다 내려와 골목 초입에 있는 약방으로 들어갔다. 우리 동네 약사는 어디선가 본 약사여래처럼 뚱뚱하며 덩치가 큰데 목소리는 소녀다. 이 골목 사람들의 아픔에 대해 이 약사보다 더 잘 알고 있는 사람은 없을 것이다. 약사의 머리에는 이 골목 아픔의 지적도가 그려져 있을 것이다. 남의 아픔을 가장 잘 이해하는 약사가 이 골목의 진정한 시인이 아닐까. 약사는 가끔 시집을 읽기도 하고 문학 이론서를 보기도 한다. 내가 이곳에 와 살기 시작하고 나서 한 달 정도 되었을 때 나는 약을 짓고 카드를 만들었다. 카드에 내가 불러 준 대로 이름을 받아 적던 약사가 내게 한마디 던졌다. 유하 씨 시집에 이름 나오는 시인하고 이름이 같네요?

유하 씨 시집에 나오는 시인과 이름이 같은 나는 건물을 신축하고 있는 공사 현장에서 인부들이 피워 놓은 모닥불을 좀 쬐다가 금호동의 번화가로 가는 지름길로 접어들었다. '꺼지는 한이 있어도 드러눕지 않는 불꽃.' 나는 차갑게 불어오는 왜바람에 내 몸에 배었던 불기운이 달아나는 것을 느끼며 중얼중얼 걸었다. 앞에 웬 노파가 작은 바퀴가 달린 손수레에 솜이불 한 채

부피의 종이 박스를 싣고 고물상을 향해 가고 있었다. 손수레에 실려 있는 종이 박스에는 각양각색의 내용물이 들었음을 대변하듯 제주도 감귤, 충주 사과, 삼양라면 등의 상호가 등짝에 박혀 있었다. 나는 노파의 삶이 내용물을 다 비워 내고 재생되기 위해 쓸쓸히 고물상으로 끌려가고 있는 빈 종이 박스의 신세와 엇비슷하다는 이미지에 사로잡혔다. 그러자 살아간다는 것에 대한 서러운 생각이 갑자기 치밀어 올랐다. 그래. 알차고 튼실하다고 가슴에 품었던 젊은 날의 것들 저리 버리고, 몸도 마음도 가벼워져서 종착지로 끌려가고 마는 게 우리 삶은 아닐는지. 나는 어머니 생각이 날 것 같아 주름살투성이가 분명할 노파의 얼굴을 뒤돌아보지 않고 애써 외면하며 지나쳤다.

은행 안은 난방 장치가 잘 되어 따뜻했다. 은행에서보다 사람들이 더 진지한 곳이 어디 또 있을까. 나는 기계가 혓바닥을 날름 내밀 듯 뱉어 놓은 대기번호표를 먼저 챙겼다. 돈을 찾아 챙기는 사람들도 돈을 송금하는 사람들도 주위를 경계하며 사뭇 진지하기만 하다. 통장 자동 정리기가 끼르륵끼르륵 내 통장을 정리해 주었다. 내가 소설 원고를 넘기기로 한 Y출판사와 ○○사보에서 돈이 입금되어 있었다. 돋보기와 볼펜이 신축성 있는 끈에 비끄러매져 있는 탁상에서 입금표를 작성하다가 깜짝 놀랐다. 청구서와 입금표 작성 요령을 시범으로 써서 유리 밑에 깔아 놓은 용지에 쓰인 글귀 때문이었다. '(청구서) 계좌번호 021-01-0121-2180 / 비밀번호 2108 / 금 십만 원정.' '(무통장 입금) 021-24-0024-310 / 금액 100,000 / 받는 분 성명: 성삼문 / 거래 은행: 국민은행 / 보내는 분 성명: 이순신 / 의뢰인 성명: 김유신 / 전화 298-4125 / 주민등록번호 190104-1018417.' 나는 다른 탁상으로 가서 다시 은행 쪽에서 작성해 놓은 용지를 훑어보았다. 이준이 김정호에게 삼십만 원 송금. 유관순이 이율곡에게 오십만 원 송금. 유관순이 우장춘에게 십만 원 송금. 정약용이 김구에게 십만 원 송금. 김정호가 전봉준에게 백만 원 송금. 같은 필체와 같은 도장이 찍혀 있는 용지를 보며 나는 엉뚱한 사념에 들었다. 이순신 장군은 자신의 얼굴이 그려진 돈을 자기앞수표처럼 송금 받게 되는 것은 아닐까. 작성자는 역사에 관심이 있는 사람일 것이다. 무의식이었는지 모르지만 왜 전봉준에게 제일 많은 돈을 송금했을까. 시공마저 초월해 버리는 돈.

나는 현실로 돌아와 시골에 계시는 어머니에게 이백만 원 송금 입금표를 작성했다. 이백만 원. 내가 태어나서 만져 보는 제일 큰 액수의 돈. 부담스럽게 눈을 찌르는 아라비아 숫자. 이제 나는 소설을 써야 한다. 새벽에 꾼 꿈을 해몽할 수 있는 단서가 떠오른다.

“글쎄요. 내가 지금까지 살아온 한 단면을 베어 넘겨보는 소설을 써 볼 생각입니다. 사랑과 성과 어머니와 글쓰기에 대한…… 뭐, 그냥 삼십사 년을 살아온 현 상태를 되짚어 보자는 식의.”

나는 출판사 관계자에게 모호한 말을 했는데 출판 관계자는 재미있을 것 같다며 계약서를 내밀었던 것이다.

나는 형을 만나고 나와서 어머니 옷을 고속버스에 싣고 이모 집이 있는 주덕읍에 내려갔었다.

‘이 부분은 어머님께 읽어 드리지 않았다. 어린 나이에 멀리 객지에 나가 번 돈을 함부로 쓸 수 없다며 부친 돈으로 돼지 두 마리를 사놓았다. 그런데 한 마리는 얼어 죽고 한 마리는 뒷간에 빠져 죽었다. 어머님이 네 생각을 하며 무릎을 치며 우시더라.’

십사 년 전 내가 고등학교를 졸업하고 원자력발전소에 다니고 있을 때 먼 친척 형이 대필로 쓴 어머니의 편지가 생각났다. 그날 발전소가 시운전을 끝내고 정상운전에 들어가게 되어, 발전소 시공 국가인 캐나다의 수상 트리드와 전두환 대통령이 발전소 행사에 참가했었다. 나는 행사에 동원되어 도열하여 있으면서도 작업복 윗주머니에 들어 있는 편지 생각이 자꾸 나서 억지로 박수를 쳤었다.

어두운 기억에 젖어 주덕읍에 도착했을 때 날은 어둑신해 있었다.

농협 연쇄점에 들러 돼지고기 포장육을 샀다. 농협 연쇄점 문을 열고 나올 때, 냉장 박스에 놓여 있던 우족과 생선과 통닭 등의 냉동 육류들이, 머리는 동태 대가리에 몸집으로는 닭고기와 돼지고기와 소고기가 뭉쳐지고 다리는 칠면조 다리를 하고 소꼬리를 단 형태의, 《산해경》에나 나올 듯한 괴기한 동물이 되어 내 뒤를 따라 나서는 섬뜩한 느낌을 받았다. 나는 혼란스러운 머리를 숙이며 이모집에 들어섰다. 나를 반색하며 맞아 준 이모는 봐 둔 방이 있다며 보러 가자고 했다. 이모와 어머니를 따라 방을 보러 가려고 하고 있을 때 술에 취하신 이모부가 자전거를 타고 나타났다. 이모부는 몇 년 전에 풍을 맞아 한쪽 다리를 끌다시피 하고 다가왔다. 이모부는 자전거를 타고 먼저 그 방이 있는 곳으로 출발하고 나머지 일행은 어머니의 느린 걸음에 속도를 맞추어 출발했다. 나는 시골 방 시세를 잘 모르고 있어 방이 몹시 궁금했다. 한참을 걸어 깨끗하다는 인상을 주는 한옥으로 들어갔다. 쉰 목소리를 내는 주인 할머니가 나와, 세를 내놓은 방으로 우리 일행을 안내했다. 방은 서울에서는 좀처럼 볼 수 없을 만큼 널찍하고 부엌도 방 못지않게 큰 편이었다. 술 취한 이모부가 공동으로 쓸 수 있는 화장실에 갔다가 오다 휘청 넘어지려고 하는 것을 얼떨결에 부축했다. 이모부가 한쪽 발에 신발이 없어진 것을 깨닫고 신발을 좀 찾아보라고 했다.

"발에 감각이 없어서 신발 벗겨지는 것도 몰랐으니……."

내가 술 취한 이모부의 목소리를 뒤로 하고 화장실에 가서 신발을 찾아 들고 나올 때 주인 할머니의 쉰 목소리가 가슴에 철썩 내려앉았다.

"사백만 원 전세면 정말 좋은 방이라니까요."

사백만 원.

방을 둘러보고 와서 나는 저녁을 먹는 둥 마는 둥 국에 말아 한술 떠먹고 철길로 나갔다. 철길은 달빛에 빛났고 철로 주위에서 철로의 녹물을 뒤집어쓴 자갈이 내가 살아온 세월이 되어 발에 채이며 소리를 냈다. 사백만 원. 나는 세 번째 시집 원고를, 내 형편을 잘 알고 있는 출판사에 넘기며 백만 원 정도를 선금으로 받아, 그 돈으로 어머니 방을 얻어 드릴 계획이었다. 이런 사정을 모르는 이모는 내가 사백만 원 정도는 있을 것이라고 여겼던 것 같다. 내가 생각해도 나 자신이 한심해졌다. 삼십 사 년을 살면서 돈 사백만 원도 벌어 놓지 못한 내가 불가해하기만 했다. 전문대학이지만 대학을 나왔고 젊은 남자가 사백만 원의 돈도 못 구한다는 사실을 이해하기란 그리 쉽지 않을 것이다. 나는 애꿎은 담배만 몇 개비 연줄로 피우고 달 위로 지나는 구름을 무심히 바라보다 이모 집으로 향했다. 어머니 귀가 잘 들리지 않아 이모가 마치 통역하듯 내게 몇 마디 묻고 답을 요약해 어머니에게 들려 드리는 형식으로 대화를 나누었다. 나는 가능한 한 짧게 말을 했다.

"돈은 가지고 왔냐."

"아직. 날씨가 추워져서 어머니 옷 먼저 가지고 왔습니다. 다음에."

"네가 구할 수 있는 돈이 얼마나 되냐."

"예, 이백만 원 정도."

나는 차마 백만 원이라는 말이 입에서 떨어지지 않아 이백만 원이라고 했다.

어머니는 몇 년 전부터 보청기를 끼지 않고는 내 목소리를 한 마디도 알아듣지 못하셨는데, 이제는 보청기를 착용하고도 목소리를 알아듣지 못했다. 이모는 어머니가 알아들을 수 있도록 보청기에 대고 천천히 말했다.

"이백만 원 있는데 다음주에 가져온대요."

나는 자고 내일 가라는 말을 뒤로하고 이모 집을 나섰다. 어차피 잠을 못 자기는 마찬가지일 것 같았고 어머니 곁에 있다는 게 마음이 불편했다. 차는 내 마음처럼 어두워진 길을 질주했다.

수족관에서 노니는 물고기를 무심히 바라다보며 지난주에 있었던 일을 생각하다가 나는 내 대기번호가 지나치는 것을 놓친 상태였다. 나는 색동 스카프를 매고 있는 은행 여직원에게 대기번호를 지나쳐 죄송하다고 사과를 하고 이백십사만 원을 찾아 이백만 원을 바로 송금했다. 나는 손님들이 소파에 앉아 대기하며 관람할 수 있게 설치되어 있는 수족관으로 다시 다가갔다. 가로 육십 센티미터, 세로 백이십 센티미터, 길이 삼백 센티미터 되는 수족관 속에는 은색, 금색, 붉은색 등의 비단 잉어 여덟 마리가 유영을 즐기고 있었다. 수족관 밑바닥에는 바위 색깔의 작은 돌과 굵은 모래가 깔려 있고, 그 굵은 모래 밑에 산소 주입기가 있어 기포가 쉴 새 없이 뿜어져 나왔다. 은행은 사회라는 수족관 속에 설치된 산소 발생기 같다는 생각이 들었다.

이 자본주의 체제에서, 삶에 공기 같은 역할을 하는 돈을 공급하는 곳이 은행 아니던가. 그런데 나는 이곳 은행에 들러 돈을 공급받은 적이 별로 없다. 자주 이 은행에 오기는 왔으나, 시 원고료와 잡지에 보낸 잡문 원고료가 들어왔나를 확인할 뿐, 그다지 은행과 내밀한 관계 맺기를 못해 왔다. 나는 은행에 와서 여성잡지를 들여다보든지 아니면 지금처럼 수족관을 들여다보며 시간을 끌다가 다시 한 번 통장 입금을 확인하곤 했다. 직육면체의 수족관을 긴 방향에서 들여다보면 비단잉어와 물속의 돌이 세 배 정도는 크게 보인다. 나는 스킨스쿠버라도 하듯 그 행위에 몰입한다. 그러다가 눈동자의 초점을 양쪽으로 최대한 벌려 수족관 양옆으로 생기는 또 다른 수족관을 본다. 이제 수족관은 바닷속같이 넓어 보인다. 수족관 양옆으로 또 다른 수족관이 세 개씩 더 보인다. 여덟 마리의 물고기가 쉰다섯 마리까지 늘어나 보인다. 나는 바닷속 같은 풍경에 침잠되어 숨이 차오르고 손을 지느러미처럼 휘젓고 싶어진다. 저 넓은 바닷속으로 나는 유유히 유영해 나가고 싶다. 사람들의 바닷속으로. 돈을 숨쉬며. 그러나 나는 매양 지느러미를 접고 부족한 경제에 시달려 수면으로 떠오르기 십상이다. 이것이 삼십사 년을 살아온 나의 현실인 것이다. 어머니에게 이백만 원을 송금한 현실인 것이다. 소설을 써야 하는 현실인 것이다.

은행에서 돌아온 나는 스물세 살의 여자, H가 단풍나무 아래서 웃고 있는 사진을 들고 한강변으로 나섰다. 나는 내가 사랑했던 여자, 내 곁을 떠나간 여자, H의 사진을 강물에 띄워 보내야겠다는 결심을 했다. 집에서 나와 달맞이봉이라 불리는 야트막한 산과 강변도로 사이에 나 있는 인도를 걸었다. 강바람은 매웠으나 햇살은 가을처럼 좋았다. 한 여자와의 삼 년간의 추억이 한 장으로 압축된 사진은 마음 저울에 묵직하게 달렸다.

옥수역에 이르러 한강시민공원 가는 통로를 지났다. 전동차가 지나가자 육교처럼 설치되어 있는 통로가 흔들렸다. 다리가 휘청거리고 정신이 아뜩해졌다. 사진 속의 H가 살아 나를 흔드는 것 같았다. '그래, 좀더 빨리 나를 기억에서 떨쳐 버리지 않고요.' 나는 강변으로 발을 내딛었다. 훅 강바람이 옷깃을 날리고 나는 숨이 턱 막혔다. H에 대한 기억을 오늘부터 지워 버리기로 다시 한번 마음을 다잡았다. 물비린내와 하수구 썩는 냄새가 뒤섞여 코끝을 자극해 왔다. 나는 강물 가까이 다가가 H의 사진을 물끄러미 들여다보다 눈을 찌르는 태양을 한번 올려다보았다. 깜깜한 시선을 천천히 끌어내려 건너편 압구정동 아파트 장벽을 쳐다보았다. 웃고 있는 H의 사진에 입맞춤을 하고 준비해 간 비닐봉지로 밀봉했다. 강물에 사진을 던졌다. 사진은 강가로 밀려왔다 떠밀려 가길 반복했다. 유람선이 지나가며 큰 물살을 일으켰다. 사진은 물살을 타고 강심으로 흘러 들어갔다. 겨울 철새들이 유람선 고동 소리에 놀라 하늘로 날아올랐다. 나는 서글퍼지는 마음에서 빠져나오기 위해 동호대교 밑에서 낚시를 하고 있는 낚시꾼들에게로 다가갔다.

여름 한철 이곳에는 백여 명의 조사들이 모여들곤 했다. 한강에는 생각보다 많은 물고기들이 서식하고 있다. 내가 여름 내내 이곳에 산책 나와 낚시꾼들을 지켜본 바로는 하루에 백여 마리 이상의 잉어와 붕어, 누치가 잡혔다. 내가 알고 있는 낚시터 중에 이곳이 우리나라에서 민물고기가 제일 많이 잡히는 곳이다. 여름부터 늦가을까지 잡힌 고기 수를 어림해 보면 이곳에서 잡힌 잉어 수만 해도 수만 마리가 넘는다.

"글쎄 말이지요. 일 미터짜리 잉어를 걸어 내놓고 보니까 비늘이―모자를 쓴 낚시꾼은 안경을 벗어 손에 쥐며―이 안경알만 하더라고요."

세 명의 낚시꾼이 릴낚시를 던져 놓고 실감나게 자기들이 큰

고기 잡았던 이야기꽃을 피우고 있다.

"말도 마시오. 믿기지 않겠지만 내가 충주호에서 밤낚시를 할 때 일인데, 아 글쎄 릴을 던졌는데 이백 미터 되는 줄이 다 풀려 나가더라고. 이상하다 싶었는데 릴 줄이 다 풀리자 휙 하고 릴대 끝이 휘는 거 있지. 놀라 릴을 감는데 무엇인가 알 수 없는 커다란, 살아 있는 것이 딸려 나오더라고. 아, 글쎄 릴을 다 감으니까 날갯죽지에 바늘이 걸린 기러기가 따라 나오더라고. 술 취한 친구가 기러기를 살려 주지 않고 안주 한다고 잡아 배때기를 갈랐는데, 배 속에서 금방 삼켰는지 살아 꿈틀대는 민물장어 한 마리가 툭 튀어나오는 거 있지."

장어는 여름에 잡히는 고기인데 기러기가 날아다니는 겨울에 무슨 장어가 잡혔겠는가. 나는 낚시꾼들의 허풍을 듣고 있자니 박재호란 친구가 떠올랐다. 박재호는 낚시광이다. 박재호와 만나 술을 먹으며 담소를 나누다 보면 어느새 이야기가 낚시터에 가 있곤 했다.

"함형, 내가 소양강 작은 산막골에서 놓친 잉어가 말야. 릴낚싯대가 그대로 터진. 꼬리만 보았는데 그 크기로 미루어 보아 길이가 이 미터는 넘겠더라고."

내가 사 년 전 박재호에게 그 얘기를 처음 들었을 때 잉어의 크기는 일 미터였다. 그런데 요즘 박재호의 이야기 속에서는 잉어가 이 미터로 커져 있다. 물론 세월이 흘렀으니까 잉어가 크기는 컸을 것이다. 그렇다고 나는 박재호를 허풍쟁이로만 보지는 않는다. 세월이 지난 다음 생각해 보면 지나온 많은 순간들이 아쉬운 추억이 되어 더 아름답고 안타깝게 다가오지 않던가. 나는 그런 맥락에서 박재호도 이해하려 노력한다.

나는 불 쬐기를 그만두고 낚시꾼들이 잡아 등지느러미를 줄로 묶어(낚시꾼들 말로 넥타이를 맨) 강물에 던져 놓은, 잉어가 묶여 있는 줄을 잡아당겨 보았다. 제법 컸다. 팔십 센티미터는 족히 되어 보였다. 순간 나는 잉어가 가련하다는 생각이 들었다. 오염된 한강물에서 살아남는 것만도 힘겨울 텐데, 보호해 주지는 못할망정 잡아내 무엇을 하겠단 말인가 하는 생각을 하며, 담배에 불을 당기던 나는 깜짝 놀라 담배를 땅바닥에 놓치고 말았다. 저 낚시꾼들과 시를 쓰는 내가 무엇이 다르단 말인가. 탁하고 찌든 내 마음에 어쩌다 맑고 올바른 생각이 일면 그것을 그냥 놔두지 못하고 시를 씁네 하고 끄집어내는 나와 낚시꾼이 무엇이 다르단 말인가.

딸랑딸랑.

내가 시 쓰기에 대한 반성에 들어 있을 때 물고기가 물려 낚싯대를 흔들었다. 불을 쪼이던 낚시꾼이 화들짝 놀라 급히 땅에 박아 놓았던 릴낚싯대를 뽑아 들며 힘껏 챘다. 물고기가 동호대교의 두 번째와 세 번째 난간 사이에서 한 번 튀어 올랐다. 낚시꾼은 튀어 오른 것을 보아 분명 잉어라고 좋아하며 긴장되어 줄을 감기 시작했다. 아, 그때 나는 보았다. 물고기가 뛰어 오른 그 부근쯤에서 햇살에 찰나적으로 반짝인 H의 사진을. 저렇게 한강 하구로 흘러 행주대교를 지나 서해 바다로 떠내려가면, 마침내 H의 사진은 그곳에 당도하리라…….

방에 돌아와 전화기를 뽑고 내가 살고 있는 방의 주인인 친구의 컴퓨터에 스위치를 넣었다.

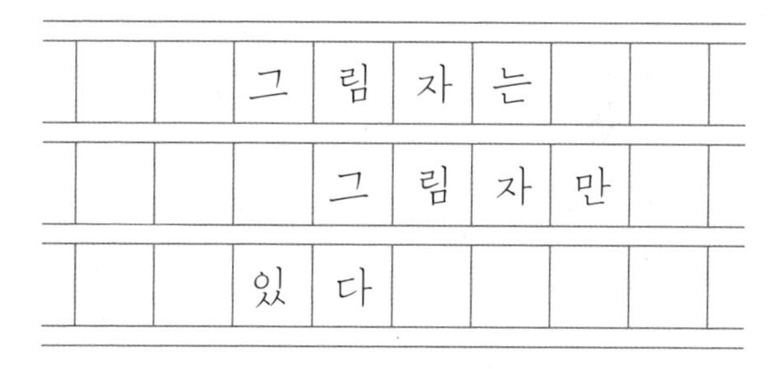
그림자는
그림자만
있다

# 몸이 많이 아픈 밤

하늘에 신세 많이 지고 살았습니다
푸른 바다는 상한 눈동자 쾌히 담가 주었습니다
산이 늘 정신을 기대어 주었습니다
태양은 낙타가 되어 몸을 옮겨 주었습니다
흙은 갖은 음식을 차려 주었습니다
바람은 귓속 산에 나무를 심어 주었습니다
달은 늘 가슴에 어미의 피를 순환시켜 주었습니다

# 개살구

그래 개살구였구나. 개살구 떨어지는 소리였구나. 양철 지붕 위로 개살구 떨어지는 소리에 잠을 깬 나는 달력을 본다.

칠월 중순.

나는 집 뒤 우물 곁에 있는 개살구나무를 꽃필 때 본 뒤 까마득하게 잊고 있었다.

"네 작은형을 뱄을 때 6·25가 터졌다. 원래네 집터에 살고 있었을 땐데 바깥마당 그 살구나무 너도 알지? 바람에 떨어진 살구 한 가마니를 주워 놓았었다. 그 신 살구 하나 먹어 보지도 못하고 피난길에 올랐었다. 물정에 어두워 피난을 나간다는 게 마중을 나가 버렸다. 그쪽으로 인민군이 다가오고 있다기에 집으로 돌아와 보니 피난 온 강원도 사람들이 먹을 수 있는 곡식이란 곡식은 다 먹어 버렸더라."

창에 비친 달빛이 밝다. 나는 댓돌을 내려서 안마당을 지나 양철 대문을 열고 바깥마당으로 나간다. 바깥마당에 고욤나무 한 그루가 서 있다. 나는 고욤나무가 어둠 속에 어떻게 사라지는지, 어떻게 녹아드는지 몇 시간씩 방에 누워 꼼짝하지 않고 지켜본 적이 있다. 고욤나무 잔가지가 먼저 어둠 속으로 빨려 들어가고 몸통이 제일 나중에 눈앞에서 사라졌다.

시골 동네 집들은 불빛 하나 없이 조용하다. 달은 바다 위에 휘영청 밝다. 달빛이 바닷물 위에 금빛 길을 깔아 놓았다. 저 길로 걸어가면 고향에 계시는 어머니를 만날 것도 같다.

달을 보고 있으면 늘 어머니 생각이 났다. 어머니도 달을 보며 내 생각을 하고 계실 것 같았다. 어머니와 자식의 마음이 서로 마중 나가 만나는 장소 달을, 이런저런 생각을 많이 먹여 주는 달을 생각하며 나는 이런 시를 쓰기도 했다.

저 달 장아찌 누가 박아 놓았나

마음 마중 나오는 달 정거장
길이 있어

어머니도 혼자 살고 나도 혼자 산다

혼자 사는 달

시린 바다

저 달 장아찌 누가 박아 놓았나

달을 보고 있는 중에도 개살구가 양철 지붕 위로 떨어진다. 개살구나무가 제법 커 지붕 위로 떨어지는 소리가 고요한 사위를 턱 투득 때린다. 그럴 때마다 살구나무 곁에 있는 오동나무의 코끼리 귀만 한 오동잎이 펄럭이고 뒷산으로 바람 지나가는 소리가 들린다.

6·25 때 살구가 익었다고 하는데 왜 칠월 중순에야 개살구가 떨어지는 걸까. 고향 충주 중원 땅과 강화도의 위도 차이일까. 아니면 꽃 피고 열매 맺는 시절이 그간 변한 것일까. 개살구와 참살구의 차이일까.

나는 새순처럼 새벽잠이 없다. 아마 새벽잠이 없는 어머니 아버지 밑에서 어린 시절을 보낸 습관 때문이리라.

새벽이 되면 아버지는 마른 짚에 입으로 물을 푸푸 뿜으며 윗목에서 삼태기나 맷방석 짜는 짚일을 했고 어머니는 바느질을 하셨다. 나는 아랫목에서 이불을 도르르 감고 누워 청소년 소설책을 소리 내어 읽었다. 어머니도 듣고 계셨던지 걔네들 또 만나지 못하냐고 안타까워하시기도 했다. 그때 읽었던 책들의 내용도 제목도 기억엔 없다. 남녀 주인공이 각각 타고 있는 기차가 서로 부딪혀 하늘로 솟아오르는 장면 하나가 기억될 뿐이다.

질화로에 묻어 둔 인두를 꺼내 인두 바닥에 침을 뱉어 동정을 다리는 누릿한 냄새가 방 안에 피기도 하던 그 시절, 나는 어머니와 아버지가 살아온 이야기를 많이 들었다. 또 어머니가 읽은 얘기책 이야기도 들었는데 남정임이가 주인공인 《능라도》란 책 줄거리가 재미있었다. 어머니가 허리를 펴며 들려주던 지난 얘기 한 토막이 떠오른다.

"인민군들이 후퇴하며 조합창고에 불을 질렀었다. 마을 사람들이 너 나 할 것 없이 불타지 않은 벼를 퍼 가기에 나도 한 가마니를 걸망으로 걸머메고 오다가, 지금 기와 공장이 있는 곳에서 소나무 가지로 방천을 막아 놓은 개울을 건너다가 뒤로 자빠졌다. 물에 젖어 볏가마니는 무거워 오지 어깻죽지는 빠지지 않지 여기서 죽는구나 싶어 발버둥 치다가 그만 그때 허리를 다쳤다."

내가 살고 있는 집은 빨간 양철 지붕을 얹은 안채, 파란 양철 지붕을 인 행랑채, 흰 슬레이트를 올린 화장실로 되어 있다. 나는 이를 자금성, 청와대, 백악관이라고 부른다. 백악관 옆으로 허드레 물건을 저장하던 창고와 메워진 옛날 화장실이 있다. 이 화장실 벽에 밤이면 고욤나무 그림자가 서 있곤 했다. 나는 손전등을 들고 채마밭을 돌아 화장실을 갈 때마다 그 그림자를 벽에 그대로 본뜨고 싶은 맘이 들었다.

그림자에 관심을 갖게 되면서 그림자에 대한 시를 여러 편 쓰기도 했다. 해바라기 작은 씨가 땅 속으로 들어가 커다란 해바라기 그림자를 캐 올리고 있다고 쓰기도 했으며, 죽음만이 실재하고 모든 살아가는 것들은 죽음의 그림자란 시를 쓰기도 했다. 요즘은 현재의 삶은 어릴 적 고향에서의 삶의 그림자 같다는 시를 써 보려 하고 있다.

나무가 흔들린다. 그림자도 흔들린다. 그림자가 흔들린다. 내 뒤편에 있는 나무도 흔들리나 보다. 그림자는 그림자가 없다. 그림자는 그림자만 있다. 나는 고욤나무 그림자가 서 있는 벽으로 다가가 내 그림자를 일으켜 세우며 옛 기억 하나를 더듬는다.

고향을 떠나 청량리에 살 때다.

"내 한자로 된 목도장 못 봤냐?"

"어머니, 아무 도장이나 가져가셔도 투표하는 데 지장 없어요. 그거 제가 시골서 퇴거해 올 때 면사무소에 놓고 왔어요."

"그 도장 찾아와야 한다. 6·25 때 징용 나가 소식 없는 네 막내 외삼촌이 새겨 준 거다. 나는 대통령선거가 있을 때마다 통일을 바라는 마음으로 꼭 그 도장을 가지고 투표장에 갔었다."

대문을 잠근다. 방 안으로 따라 들어온 달빛과 그림자와 같이 눕는다. 개살구 떨어지는 소리에 잠을 설친다.

어머니 마음속에 외삼촌은 살구처럼 신 그림자였으리라.

# 새소리에 그림자와 외출한 어느 날

이 방 안에서 인사성이 가장 밝은 친구는 전기스탠드입니다. 늘 소녀처럼 다소곳이 고개를 숙이고 있습니다. 저리 겸손하게 고개 숙이고도 밝고 환하게만 살아갈 수는 없을까. 방 안을 휘둘러봅니다. 방 안에는 참 많은 내 친구들이 있습니다. 온몸이 입이라 소리만 들려주는 라디오가 있고 술, 담배는 끊을 수 있어도 결코 끊을 수 없을 것만 같은 전화기가 있습니다. 또 내 감각기관 중 눈하고만 친구가 되는 벙어리 신문도 있고, 말하는 그림을 보여주는 티브이도 있습니다. 이 외에도 호출기를 비롯해 많은 친구들이 있지만 나는 외롭습니다. 방 안에서 움직이는 것은 나 혼자뿐입니다. 모두 안 움직이는데 혼자 움직이고 있다는 외로움을 느껴 보신 적이 있는지요.

앞집에서 새소리가 들려옵니다. 가을에 어디론가 가져갔던 새

조롱 다섯 개를 다시 가져오는 것을 며칠 전에 보았지요. 귀가 총기가 없어 작년에 울던 새소리인지는 분간할 수 없습니다. 그렇지만 '그 새소리다.' 하고 기억하기 전에 '아, 새소리다!' 하는 반가운 마음만으로도 족한 것 같습니다.

나는 태양이 달아 준 그림자를 끌고(태양은 아침이 되면 내가 살아 있다고, 살아 있으니 삶의 터전으로 나가라고 넥타이를 매 주듯 그림자를 매 주곤 합니다.) 온몸이 매달린 귀를 앞세워 대문을 열어 문밖으로 나섭니다. 종량제 쓰레기봉투를 뒤지던 고양이 두 마리가 화들짝 놀라 쥐처럼 줄행랑을 칩니다.

앞집의 담장은 높습니다. 높은 담장을 넘어오는 새소리를 귀로 듣는 것만도 호사스러운데 눈이 호기심을 발동합니다. '어떻게 생긴 날개 씨(氏)들이기에 귀(耳) 군을 이리 맑게 틔워 주노.' 나는 시멘트로 만들어 놓은 쓰레기통에 힘들게 올라섭니다. 일순 새들이 조용해집니다. 우리는 노래 부르지 않았다고 시침을 뚝 떼고 딴전을 피웁니다. 철망이 녹슨 다섯 개의 조롱 속에 새들이 한 쌍씩 들어 있습니다.

'허공에 배달된 푸른 배춧잎 편지.' 조롱 속에 주인이 넣어 주었을 배춧잎을 보자 뜬금없는 말이 직조됩니다. 손바닥만한 배춧잎을 금방 넣어 주었던지 새장에 온전하게 세워져 있습니다.

배춧잎이 쓰러지지 않는 것은 필름통에 꽂혀 있기 때문입니다. 아무튼 공중에 떠 있는 다섯 개의 배춧잎은 녹색 세계에서 보내온 편지 같습니다. 사연을 전달하는 주인의 아, 아니 새와 같이 사는 사람의 푸른 마음이 거기 그렇게 게양되어 있는 것 같습니다. 새들이 울다가 멈춘 것도 어쩌면 그 사연을 읽다가 내가 엿보았기 때문이 아니었을까. 나는 새들에게 미안한 마음이 듭니다.

울던 새들이 조용하자 집주인이 봄 햇살에 눈을 찡그리며 유리창을 드르륵 열어젖힙니다. 새들은 개와는 참 반대로 집을 보는 것 같습니다. 개들은 수상한 사람이 나타나면 짖기 시작하는데 새들은 울음을 딱 멈추니 말입니다. 그게 짖는 것과 우는 것의 차이겠지요. 겁주기와 겁먹기의 차이고요.

새 조롱 속에 새 울음소리 고여 있지 않다네

울음소리 흘러 넘쳐

햇살에

젖은 길 나고

새는 날개의 길을

울음소리로 가 본다네

……

태양을 흘러넘친 햇살이여

라일락꽃 향기가 되어 흩날리는

나는 새들이 들판에서 날아온 배춧잎 편지를 다 읽고 첩보 영화에서처럼 쪼아 삼킬 수 있도록 자리를 피해 주기로 맘먹습니다. 해서 새 보기를 접고 방으로 돌아오며 중얼중얼 시 구절을 떠올려 봅니다. 새장 속에 갇힌 새는 날개가 있어 더 슬프다는 데까지 생각이 미치자 새장 같은 내 방에서 외출해야겠다는 마음이 일어납니다. 봄 날개를 걸치고, 검은 비닐봉지에 두부 한 모를 사 들고 오르락내리락하던 길을 잰걸음으로 내려갑니다.

어디로 가자는 건가. 물처럼 생각 없이 비탈길을 내려온 신발이 평평한 길을 만나자 생각에 잠깁니다. 꽃이 피고 건물은 키를 키워 올리는데 나는 어디로 가잔 말인가. 나는 한동안 멈춰 서 있다가 그냥 집에서 먼 곳으로 가자고 마음을 내지릅니다.

다시 멈춰 섭니다. 마음만도 무거워 어디로 갈지 방향이 서지 않는데 발목을 잡고 그림자가 질질 끌려옵니다. 그림자를 만만히 봐서는 안 될 것 같습니다. 그림자가 날 미행하는 것 같아 홱 뒤돌아서면, 그림자는 어느새 내 앞에 서서 나를 끌고 가는 포즈를 취합니다. '이놈 봐라. 제깟 놈이 한번쯤 뒤돌아보겠지.' 여기고 뒷걸음치면 그림자도 따라서 뒷걸음을 칩니다. 뒷걸음치는 그림자를 넘어뜨려 보려고 그림자의 뒷무릎을 노리며 살짝 주저앉으면 영악한 그림자도 따라 앉아 버립니다. 나는 부아가 치밀어 누워 있는 그림자를 자빠뜨려 일으켜 세워 보려고 한 발로 겅중겅중 뛰어 봅니다. 그림자도 따라서 뛸 뿐 한 발이라고 쉽사리 넘어지지 않습니다. 나는 그림자 떼어놓기를 포기하고 맙니다.

열한 시 삼십 분, 시장이 사람들의 입을 향해 눈을 뜹니다. 생선가게 아줌마가 햇살을 유선형의 고등어로 적당히 휘며, 고등어가 신선하게 보이도록 좌판을 편성합니다. 시들어 가는 상추를 물세례로 일깨우는 노파의 주름진 손, 미꾸라지 꾸무럭거리는 고무 대야를 들어 올리는 허리, 소 내장과 선지로 토치카를 구축하고 전투에 앞서 힘껏 전대를 두르는 아줌마의 호박 덩어리처럼 커다란 엉덩이……. 시장은 하루를 살아 내려는 건강함

으로 가득 차 있습니다. 나는 이 시장의 산책에서 한 번도 이겨 본 적이 없습니다. 그러나 시장은 패자에게도 삶에 용기를 북돋아 주는 힘이 있는지 이곳에 오면 무엇이든 하고 싶은 의욕으로 가득차곤 합니다. 오지 않는 버스를 기다리며 나는 생각합니다. 어디론가 당당히 떠나지 못하는 것은 막연함 때문이다. 목적이 없기 때문이다. 스님들이 도를 깨우치기 위해 무엇을 고민할까 분명한 화두를 잡고 정진하듯 나도 하나의 물음을 잡고 방황해야 한다는 결론에 도달합니다.

나는 누구인가!

나는 누구인가를 고민하자고 마음 다짐하니 아무데나 가도 좋을 것 같고 버스를 기다릴 필요도 없어집니다. 나는 말 그대로 정처 없이 발을 내디딥니다. 점심시간 남녀 사원들이 어우러져 식당으로 몰려가는 것을 부럽게 바라보며 나는 생각합니다. 나는 누구인가. 파고다공원에 모여 있는 노인들을 지켜보며 생각합니다. 나는 누구인가. 화려한 행사 날 환호성과 박수 소리를 받으며 날아올랐을 비둘기가 부랑자가 되어 거리의 음식 찌꺼기를 구구하게 찾는 것을 보며, 십대들이 윤선도 시비에 기대어 입 맞추며 봄을 희롱하는 것을 보며, 매일 바라다보면 쉽게 늙어 버릴 것 같은 석양을 바라다보며, 나는 생각합니다. 나는 누구인가…….

좀처럼 풀리지 않는 물음을 품고 거리를 방황하다가 호출을 받고 전화기를 찾습니다. 그런데 뜻밖에도 내 앞에서 전화를 걸던, 나와 면식이 없는 젊고 아리따운 보살에게서 커다란 깨우침을 받습니다.

"알았어. 전화 끊을게. 뒤에 사람이 기다리고 있어."

그렇다! 나는 사람인 것이다. 어딘가를 향해 가고 있는 사람들 틈바구니에 끼어 어디로 갈까 궁리하는 나도, 계절이 바뀌었으니 무엇인가 시작해야 한다고 마음 다지는 나도, 나는 누구인가 하루 종일 고민하며 거리를 헤매는 나도 분명 사람인 것이다. 끝없이 사유하는 나는 사람인 것이다.

이렇게 마음먹자 발걸음이 한결 가벼워집니다. 거기다가 달빛이 만들어 준 내 그림자가 내 발목을 잡고 앞서 걸어 주기까지 하니 발걸음이 더욱 가벼워집니다. 내가 사람임을 타인에게서 인정받은 나는 이제 어디든 갈 수 있고 무엇이든 할 수 있을 것만 같습니다.

# 동운암에서 보낸 보름

## 자(尺)

내 기억 속에는 몇 개의 자가 있다.

차를 타고 가다가 목적지까지 몇 킬로미터가 남았다는 이정표가 나오면 나는 쓰윽 자를 꺼내 든다. 고향 장터에서 솟대울이나 대문다리집까지가 오 리였으니까 팔 킬로미터 남았다면 아, 그 정도 남았군. 고향에서 충주 시내까지 육십 리니까…… 고향서 서울까지 삼백 리니까…….

이렇게 내 몸에 밴 도량형기에는 거리를 따져 보는 것만 있는 것은 아니다. 계란, 쌀 한 가마니, 물 한 통 등으로 환산해 보는 무게의 저울도 있다. 또 육체적 통증을 재 보는 자도 있다. 이 자의 최고치에는 작년 여름에 겪었던 빈혈의 고통이 올라 있다. 나는 고통의 자를 가지고 있어 웬만한 고통을 쉽게 견뎌 내기도 한다. 가령, 울릉도 갈 때보다는 뱃멀미가 심하지 않으니까 아직은 견딜 만하다 하는 식으로 고통으로 고통을 계량해 보며 고통을 극복하기도 한다. 이 외에도 행복감이나 사랑함의 정도를 재는 자도 있다. 아무튼 내 기억 속에 남아 있는 새소리의 자에는 그해 여름 선운사 동운암에서 들은 새소리가 최고치로 기록되어 있다.

## 새 라디오

비구니 암자 동운암은 선운사 일주문에서 멀지 않은 곳에 있다. 동운암에 머문 지 사흘째 되는 날이다. 나는 새벽 세 시에 불을 끈다. 스님은 세 시 반에 일어나 도량석 준비를 한다. 네 시가 되자 목탁 소리에 맞춰 스님이 염불 외며 암자를 돈다. 스님보다 먼저 방에 불 밝히는 일이 괜히 죄송스러워 불을 껐다 다시 일어난다.

도량석이 끝나면 암자 밑 채마밭 건너 대숲에서 새들이 일제히 울기 시작한다. 대숲이 우거져 새 모습은 보이지 않고 새소리만 흘러나온다. 또 스님이 새 라디오를 켜 놓은 것이다. 나는 새소리에 어둠이 어떻게 녹아내리는가를 오랫동안 귀로 쫓는다. 어둠을 깨치는 새들의 수다스런 입.

나무의 머리가 물을 마시는 뿌리 쪽에 있는 것은 아닐까. 저 공중에 박힌 잎새와 가지가 뿌리가 아닐까. 그렇다면 나무는 빛과 흔들림과 새소리를 자양분 삼아 어둠과 붙박힘과 침묵을 향해 자라고 있는 것은 아닐까. 나무뿌리 같은 새 다리에서 날개까지는 가깝지만 얼마나 먼 거리인가. 착지와 비행 사이에, 정착과 방황 사이에 새의 몸이 있으니, 거기서 발원하는 새들의 수다는 합당하다. 발바닥을 기점으로 자라 오르기만 한 것 같기도 하고, 배꼽을 경계로 하늘과 땅 양방향으로 자란 것 같기도 한 내 몸에 소리옷을 입혀 주는 새소리. 그럼 너희들은 나무뿌리에 앉아 울음으로 옷을 짜고 있는 것이냐.

나는 새 라디오 속으로 걸어 들어가 본다. 새들이 울음소리를 뚝 멈춘다. 정적. 고요가 나를 발가벗긴다.

## 달맞이꽃

선운사 큰절로 아침 산책을 나간다. 암자에서 내려오는 야트막한 언덕길은 나무로 우거져 숲 터널을 이루고 있다. 선운사 앞에는 고목의 그림자를 다 담가 줄 수 있을 만큼 넉넉한 계곡물이 흐른다. 여름이라, 혼인색을 띤 울긋불긋한 불거지와 급한 일이 많은지 빨리 움직이는 피라미가 눈에 많이 띈다. 물고기를 보자 아침인데도 날 저무는 고향 풍경이 펼쳐진다.

하루 일을 마치고 소꼴 한 지게 지고 돌아오던 농부들은 큰 시멘트 다리 밑에서 발가벗고 목욕을 하곤 했다. 소를 끌고 돌아오다 바라다보면 석양에 물든 개울물에 피라미 떼가 대못처럼 튀어 올랐다. 그 풍경의 끝에서 농부가 두 손을 모아 몸에 물을 끼얹었다. 지게가 떠나면 다른 지게가 오고 지게 몇 개가 같이 다리 밑에 받쳐지기도 했다.

선운사 큰절 안으로 들어서자 마음이 착 가라앉으며 편안해진다. 선운사는 기운이 거칠지 않고 자태가 곱게 자란 여인처럼 예쁘다. 날씬하고 단아한 맵시의 대웅전 뒤에는 동백나무

숲이 우거져 있고 기이하게도 우뚝 솟은 산봉우리가 하나 있다. 단청색과 마당의 흙 빛깔이 잘 어우러지며 마음을 차분하게 만들어 준다.

한 바퀴 돌고 절을 나선다. 어느 길을 택해 가든 온통 나무 숲길뿐이다. 나는 숲길을 걸어가며 생각에 잠긴 아침 나무들의 몸통을 만져 본다. 나무들의 생각 하나쯤을 손으로 느껴 보고 싶어서다. 그러나 나보다 다 오래 산 나무들뿐이라서인지 나의 얕은 정신으로는 나무들의 생각 한 자락도 읽을 수가 없다.

큰절에서 동운암으로 이어지는 좁다란 오솔길을 걷다가 달맞이꽃을 만난다. 아침 안개에 젖은 달맞이꽃이 샛노랗게 피어 있다. 나는 달맞이꽃에게 사랑을 고백하러 가는 소년처럼 수줍게 다가간다. 꽃도 나도 움찔 놀란다. 나는 미안하다고 고개를 저으며 옛일 하나를 떠올린다.

눈이 내려 세상이 온통 하얗다. 산으로 나무하러 갈 수 없어 나는 양지 바른 밭두렁에서 참깨 단처럼 가벼운 달맞이꽃 한 지게를 베어 메고 집으로 향했다. 친구들이 놀고 있기에 다가가다가 저만치에서 다가오고 있는 미술 선생님을 보고 얼른 그 자리에 지게를 받쳐 놓고 친구 집으로 숨었다. 나뭇짐을 지고 있는 모습이 괜스레 창피하게 여겨졌던 것이다. 그런데 여선생님이 나를 쫓아 들어왔다.

"왜 숨니? 일하는 게 뭐가 부끄럽다고, 착하지. 우리 집에도 놀러 오렴. 화집도 보여줄게."

여선생님은 아무 말 없는 내 까까머리를 쓰다듬어 주셨다.

꽃아 미안해. 겁먹지 마. 그땐 달맞이꽃이라고 너희들을 부를 줄 몰랐어. 그냥 돼지풀이라고 불렀었거든.

## 비

비가 내린다. 암자에 온 지 벌써 열흘이 지났다. 절의 맥박 같은 목탁 치는 소리와 스님 옷을 빠는 공양주 보살의 빨랫방망이 소리가 들려온다. 마음에 묻은 때야 염불로 씻어 내지만 옷에 묻은 때는 물(水) 보살님의 힘을 비는 수밖에 없나 보다. 목탁 소리, 빨랫방망이 소리 저렇게 두들겨 겁을 주니, 마음에 묻은 때도 입성에 묻은 때도 겁을 먹고 도망가는 수밖에 없을 게다.

"네가 장가를 가야 내가 두 눈 감고 죽지."

"어머니, 제가 그래서 효자지요. 제가 장가가면 어머니 돌아가실까 봐……."

공양주 보살의 흰 머리카락을 보자 어머니 생각이 났다.

나는 우산을 받쳐 쓰고 채마밭으로 나갔다. 채마밭 가득 푸른 채소가 싱그럽다. 아하, 여리고 여린 상추도 꽃 피우고 열매 맺기 위해서 저리 튼튼한 줄기를 뻗어 올리는구나. 채마밭에서 먹이를 문 산새가 날아간다. 근처 어디에 새끼들이 기다리고 있는 둥지가 있나 보다.

집 떠나는 날 어머니는 염색을 하고 계셨다. 나는 어머니께 염색을 하지 말라고 했다. 그래야 자식들이 더 자주 찾아뵙지 않겠냐고 했다. 어머니는 묵묵부답 염색만 하시다가 선문답 같은 말 한마디를 던지셨다.

"눈이 점점 침침해져서 염색을 한다."

나는 단단히 맘먹었다. 이번 기회에 위장병도 고치고 심기일전하여 좋을 글도 많이 쓰리라. 굳은 결심을 하고 이곳 암자로 오기 위해 집을 떠나오던 날, 나는 밥 속에서 어머니가 빠뜨린 머리카락 한 올을 골라냈다. 그때 나는 어머니가 차마 말씀하시지 않은 마음 한 자락을 읽었다.

"네 밥그릇에서 내 흰 머리카락 나오면 네 목이 멜까 봐……."

5

## 소년

"스님은요, 얼굴만 봐도 나쁜 사람인지 좋은 사람인지 금방 알아요. 아저씨도 마음씨가 나쁘지 않게 생겨서 여기 있게 했을걸요."

"알아, 너 마음씨 좋게 생겼어. 그리고 형이라고 불러, 응!"

나는 처음엔 소년이 덩치가 크고 해서 고시공부하는 대학생인 줄 알았다. 나보다 암자에도 사나흘 늦게 들어온 줄 알았는데 공양주 보살 말에 의하면 이곳에서 머문 지 오래되었고 그날은 집에 다녀온 거라 했다. 소년은 고등학교 가려고 공부를 하고 있다. 소년은 심심하던 차에 말 친구가 생겨서 좋은지 나를 잘 따른다. 나도, 삽으로 채마밭도 파 일구고 잡초도 같이 뽑으며 소년과 잘 어울렸다.

"형, 일하는 거 힘들지 않아?"

"힘드니까 일이다. 힘들지 않으면 놀이지 일이겠냐? 너 놀러 가고 싶어서 그러지? 좋아, 가자."

나는 맥주 세 병을 사 들고 소년과 함께 큰스님이 계신다는 도솔암을 향해 걷는다. 길은 심하게 가파르지 않은 오르막으로 이어진다. 내 인생길도 너무 험하지 않고 지루하지도 않게 이 정도 오르막길이었으면 좋겠다. 맥주는 하산 길에 마시기로 하고 계곡에 잘 숨겨 둔다. 소년은 신이 나서 초행길인 내게 스님들에게 들은 이야기를 들려준다. 대숲 울타리 우거진 참담암에도 가 보고 저수지에도 가 본다. 소년은 스님 다비식 하는 걸 얼마 전에 보았다는 얘기며 절 입구에 있는 추사체 부도비는 보았느냐, 미당 시비도 보았느냐, 길 왼편을 끼고 흘러내리는 계곡 물처럼 잘도 수다를 떤다. 도솔암을 지나 낙조대에 올라 먼 풍경으로 펼쳐져 있는 소년의 고향 앞바다를 오래 굽어보았다.

하산 길에 계곡 숲으로 들어가 맥주를 마신다. 나이 많은 나는 두 병, 나보다 덩치 큰 소년은 한 병. 내가 흐르는 물에 발을 담그고 시집을 읽자 소년도 가져온 국어책을 읽는다. 나는 책을 바꿔 보자고 한다. 나는 국어책이 어떻게 바뀌었나 궁금해 넘겨본다. 우리 땐 없던 고은 시인의 시도 실려 있다. 나는 급히 책을 넘긴다.

"얘, 너 이 밑줄 친 거, 왜 전부 다 쳤냐? '처럼'이라는 말이 붙으면 직유법이라고 한 번만 쓰면 될 텐데 왜 첫 장부터 끝장까지 쳤냐?"

소년은 말을 하지 않고 웃기만 한다.

## 6

## 고수

마음은 멀었고 몸 속 독이라도 풀어 보고자 피를 맑게 해준다는 고수나물을 소처럼 천천히 씹어 먹었다.

## 7

## 호박

암자에는 해우소가 두 곳에 있다. 하나는 새로 지은 신식 요사채에 있고, 하나는 채마밭 구석에 있다. 나와 공양주 보살 두 할머니는 채마밭의 재래식 냄새 나는 해우소를 사용한다. 헛기침 하고 발소리 내며 다가가면 헛기침 소리로 사용하고 있다고 답하는 그 허름한 예의가 나는 좋다.

또 내가 그 해우소를 찾는 이유는 호박 달력을 보기 위해서다. 해우소 뒤에는 오래 묵은 거름더미가 있고 거기에는 호박이 심겨 있다. 나는 호박덩굴 한 줄기를 평지 쪽으로 펼쳐 놓았다. 그리고 이곳에 온 날부터 호박덩굴이 하루 동안 자라는 길이를 땅바닥에 금을 그으며 표시해 왔다. 비가 개고 날씨가 무더웠던 어제는 하루에 호박이 일 미터 이십 센티미터나 자랐다.

호박꽃 속에서 나오는 벌들의 날개에는 호박꽃 가루가 노랗게 묻어 있었다.

## 8

## 길

아침. 그늘에 무더기로 핀 달개비꽃을 보았다. 오래 들여다보자 내가 남빛 꽃들 속으로 빨려 들어갈 것 같았다. 어지러웠다. 내가 만난 빛깔 중 이리 현란한 빛깔이 또 있었던가.

그냥 짐을 챙겼다. 어린 소년만이 좀더 있다 가라고 붙들었다. 스님이 목탁을 반복해 두드리는 것처럼, '처럼'에 반복해 밑줄 그으며 도 닦듯 산속에서 매순간 삶을 살아 내고 있는 소년이 길 떠나는 중생의 앞길에 미소를 깔아 주었다.

# 길의 열매 집을 매단 골목길이여

도시에서의 삶은 수직 지향적이다. 건물들이 하늘을 향해 커 가고 있다. 사람이 사는 집도 예외는 아니어서 고층 아파트가 생겼다. 반면에 농어촌에서의 생활은 그렇지 않다. 모든 농지는 수평 지향적이다. 논이 그렇고 밭이 그렇다. 농부들은 보다 많은 경작지를 확보하기 위해 끝없이 경사진 땅을 까 내려 평평한 땅을 넓혀 왔다. 또한 어촌의 생활은 말할 필요도 없다. 바다 그 자체가 수평 아닌가. 파도가 높이 일어 수평이 깨지면 어부들은 일할 수조차 없다. 그러나 생산지가 절대 부족해진다면 농어촌도 수직 지향적으로 나가게 될 것이다. 논도 하나의 건물이 될 것이다. 수십 층의 고층 논이 생겨 엘리베이터를 타고 오르내리며 농사짓게 될 날이 도래할 것이다. 어촌도 바다 속으로 빛을 끌고 들어가 바다를 층층으로 나누게 될 것이다.

그런 세월이 현실로 다가오면, 여유롭고 평화롭기까지 한 농촌의 골목길도 도시 골목길을 닮게 될 것이다. 진도의 아름다운 돌담 골목길이 도시 골목길을 모방하게 될 것이다.

내가 살며 만나 온 골목길 풍경들이 파산적처럼 꿰어지며 다가온다.

담장 위 장미가 붉은 혀를 깨물고 있다. 비누 냄새 풍기는 하수도 물이 길 따라 흘러내린다. 물소리도 길 따라 휘어지며 흘러내린다. 저녁 식사 시간 골목길은 음식 냄새들의 유원지다. 종량제 쓰레기봉투를 뜯고 있던 고양이가 도망간다. 전봇대에는 가스 배달, 중국집 전화번호 스티커가 신속히 붙는다. 한때 골목대장이었던 아이가 가장이 되어 아파트 경비하러 급히 내닫는다. 처녀가 힐끗 뒤돌아본다. 사내의 발짝 소리가 멈칫한다. 두부장수가 리어카를 세워 놓고 더 좁은 골목길로 종을 울리며 들어가자 붉은 장화를 신은 비둘기 분대가 후드득 리어카에 낙하한다. 아침 일곱 시, 더 넓은 골목길에 가 살기 위하여 직장 나가는 샐러리맨들의 발짝 소리가 발짝 소리에 밟힌다. 얼어붙은 길 위에 던진 연탄재가 부지직 소리를 낸다. 허리가 낫처럼 휜 할머니가 숨이 찬지 허리는 펴지 못하고 고개만 들고 숨을 고른다. 가로등이 켜지고 나방 그림자가 벽에 부딪친다.

서울에서 내로라하는 명문 골목(공덕동, 청량리 시장, 상계동, 금호동, 전농동……)에 살아 본 내게 있어서 골목길의 의미는 그리 만만치가 않다. 골목길을 걸어갈 때면 베르누이의 정리가 떠올라 걸음을 멈추곤 했다. 가던 길이 좁아진다고 해서 살아가기에 대한 생각의 양이 적어지지는 않는다. 골목길에 접어들면 마음도 마음의 골목길로 접어든다. 골목길에서의 생각은 타이트하다. 구체적이다. 현실적이다. 넓은 길을 오며 이 생각 저 생각 들던 것이 길의 깔때기, 골목길에 접어들면 압축되고 요약된다. 원래 삶은 살아가는 길의 모양을 닮는 것인지 모르겠다.

골목길을 지날 때면 '골목길은 휘어지기를 즐긴다'는 오규원 시인의 시 구절이 의미심장하게 다가왔다. 휘어진다는 것은 무엇을 의미하는 걸까. 어떤 방향을 선택 전환한다는 것 아닌가. 어느 선택의 시점이든 그 순간 생각은 여느 때보다 농밀하다. 농밀하게 생각하기를 권하는, 삶에 대한 긴장감을 잃지 않게 만들어 주는 골목길은 사색의 대가다.

건축가 이일훈 선생의 강의를 들은 적이 있다. 강의 중 슬라이드를 보는 시간이 있었다. 고건축물에서 현대 최첨단 건축물까지 다양한 건축물 설명을 듣는 도중 느닷없이 한적한 곳에 덩그렇게 서 있는 시골 방앗간 풍경이 떴다. 이 선생은 잠깐 사이를 두더니 말을 이었다. "나는 이 방앗간을 보는 순간 눈시울이 뜨거워지고 눈물이 났습니다. 완벽한 건축물을 만났기 때문이죠. 장식이라곤 아무것도 없이 양철 지붕만 올려놓았지만, 여기 어디 버릴 게 있습니까, 부족한 게 있습니까?" 가슴이 찡했다. 나도 어느 골목길에서였던가 그 비슷한 느낌을 받아 보았기에 더 그랬을 것이다. 나도 완벽한 골목길을 만났었다. 그 골목길은 밥을 먹고 있는 방이, 변을 보고 있는 화장실이, 달팽이만한 초인종 달린 대문이 양쪽으로 잇닿아 있었다. 이 골목은 담장이 없어 길이 담장이구나. 길이 담장이 될 수 있다니! 이렇게 평화롭고 완벽한 담장이 어디 있겠는가. 이렇게 완벽한 담장을 가진 골목길에서 사람들이 살아가고 있다니. 불신의 산물로 세워지는 담장과, 함께 살아가는 똑같은 인간이라는 믿음으로 세운 이 길 담장과의 그 어마어마한 차이. 길 담장 체험 후 나는 왠지 모르게 골목길이 건강해 보이기 시작했다. 그도 그런 것이, 그도 그럴 수 있는 것이, 우리가 살고 있는 골목길이 어떤 길인가!

노동을 마치고 술 취해 귀가하던 가장이, 아내와 자식새끼들 생각에 머리채를 흔들며 정신을 가다듬고 발걸음을 바로잡던 길 아닌가. 만삭의 아낙네들이 한 손에 남편과 자식새끼들에게 먹일 시장바구니를 들고 한 손으로 허리를 짚으며 가족이 살고 있는 집을 향해 걷던 길이 아닌가. 철없는 아이들 즐겁게 뛰어노는 웃음소리가 흘러넘치는 길이 아닌가. 밥숟가락보다도 더 우리들의 삶 때가 묻어 반질반질 윤기가 도는 길 아닌가…….

"한국 경제는 막다른 골목길에 봉착됐다. 세계를 보지 못하고 아시아에서 골목대장이나 하려다가……."

골목길을 폄하하지 마라. 막다름의 힘을 아는가. 물에 빠진 놈은 더 밑으로 내려가 바닥을 차고 나와야 한다지 않던가. 이제 막다름에 이른 자의 힘을 보여줄 때다. 여럿이 어우러져 살려고 구불구불 휜 골목길의 탄력으로, 골목길의 힘으로, 길의 거품 하나 없는 골목길이, 길의 뿌리인 골목길이, 길의 열매인 집을 매달고 있는 골목길이, 시장통의 비린 생명력을 지닌 골목길이, 산동네의 가난이란 위치 에너지를 가진 골목길이, 공장 지대 교대만 있을 뿐 꺼지지 않는 불빛의 골목길이, 한 지붕 아래 사는 아파트 통로 그 수직의 골목길이, 그 골목에 사는 사람들이, 우리나라가 살아가야 할 길을 번쩍 일으켜 세워야 할 시기인 것이다.

# 새벽 버스 소리에 잠을 깨다

길은 세상에서 가장 큰 그릇이다. 사람들의 생애는 길에서 시작되어 길에서 끝난다. 또 죽어 길을 떠나도 황천길을 가야 한다. 산 위에 올라가 도시를 휘둘러보면 가닥가닥 길이 있고 그 곁에 건물들이 있다. 건물 속에서의 생활은 길을 떠나 존재할 수 없다. 결국 길 밖에 있는 것들은 길에 담겨 있는 것과 같다. 길은 길 밖에다 모든 것을 담고 있는 거대한 그릇이다.

새벽이다.

버스 지나는 소리가 들려온다. 잠결에 여러 종류의 차 소리를 들었지만 버스 지나가는 소리를 듣고 나서야 새로운 하루가 시작되었음이 실감나게 다가온다. 연장이 든 큰 가방을 품고 막노동판으로 가는 인부들, 단어를 외며 도서관으로 가는 학생들을 비롯하여, 하루를 열며 일터로 가는 사람들을 새벽 버스에서 많이 만났던 기억 때문일 것이다. 길 위의 차 중 맏형 격인 버스 지나가는 소리에 눈을 떠 온 지 오래된다. 이제 유년 시절 듣던 새벽 닭 소리 못지않게 정겨움을 느끼기까지 하는 것을 보면 도시 사람이 다 되었나 보다.

'마음이 더 건강해지면 버스 운전기사가 되고 싶다.'

오래 전에 썼던 시 구절이 떠올랐다. 그 시를 쓸 무렵 나는 94번 버스 종점 근처 신림동 하숙촌에 살고 있었다. 낯선 동네로 이사를 가 말동무 삼을 사람이 없었다. 그래서 나는 혼자 산책하기를 즐겼는데 그 산책의 끝은 늘 버스 종점이 되곤 했다.

모든 끝이 그렇겠지만 버스 종점은 왠지 모르게 사람을 그리움에 사무치게 하는 그 무엇이 있었다. 그리고 막막한 쓸쓸함이 있어 좋았다. 물론 종점의 매력이 거기서 끝나는 것은 아니다. 출발점을 종점으로 하고 종점을 출발점 삼는 버스를 보며 인생이 뭔가 하는 감상에 젖을 수도 있었다.

그럴 때면 버스가 마치 큰스님처럼 여겨졌다. 94란 숫자를 화두인 양 머리에 달고 오직 정해진 노선을 수행자처럼 돌고 오는, 딴 길을 결코 넘보지 않으며 외길로 정진하는 비장미까지 곁들인 버스의 모습에 나는 사뭇 매료되기도 했다. '부처님도 길 위에서 태어나 길 위에서 깨닫고 길 위에서 가르침을 전하지 않았던가.' 하는 글귀를 떠올려 보았을 정도였으니까 말이다.

또 회차를 마치고 한쪽 어깨가 늘어지도록 무거운 요금통을 빼 들고 관리실로 걸어가는 운전기사를 부러운 마음으로 바라보기도 했다. 세상에 저리 확실히 한 회차, 두 회차 매듭매듭 지워지는 일이 또 있을까. 끝도 없고 매듭도 없는 글쓰기를 직업으로 택한 내 삶에 부가되는 중압감에서 벗어나고 싶은 충동에 당위성을 부여해 주기까지 하는 그 짧은 순간의 그림을 나는 좋아했다.

삶이란 끝없이 길을 가는 도정이라서 그런지 길 위로 끝없이 출발하는 버스를 보고 있자면 기억의 창에 매미 가슴 모양으로 와이퍼가 작동하고, 그러면 지나온 여러 날들이 물결처럼 구부렸던 제 몸을 펴며 잔잔하게 빛나기도 했다.

"네 형이 서울서 일하다 낭패를 당했나 보다. 급히 돈을 부쳐 달라는데 소를 팔아야 할지 걱정이다. 네 의견은 어떠냐?"

산골에서 태어난 나는 중학생이 되고서야 처음으로 버스를 타 보았다. 그렇게도 타 보고 싶었던 버스를 그렇게 타게 될 줄이야.

어린 누이가 객지에 나가 몇 년 고생해서 번 돈으로 사 준 소를 팔러 가기로 작정한 아버지는, 버스가 오기 두 시간 전에 읍내를 향해 소를 끌고 출발하며 나한테는 버스를 타고 오라고 했다. 나는 차를 타게 된다는 기쁜 마음과 소를 판다는 착잡한 심정을 뒤섞으며 차를 기다렸다.

지금이야 초등학생들에게 차 조심하라고 부모님들이 주의를 주지만 그때만 해도 차가 귀해 버스가 지나가면 '손 흔들어 주기 운동'을 학교에서 장려하던 시절이었다. 길에서 멀리 떨어진 곳에서 소에게 풀을 뜯기고 있다가도 산모퉁이를 돌아오는 차를 보면 길가로 달려 나가 코스모스처럼 손을 흔들며 웃음을 쏟아 놓던 기억이 새득하다.

길을 지나가는 차가 버스 외에는 없었다. 버스를 타고 한 삼십 분 정도 가니까 멀리 읍내가 보이고, 소를 몰고 고개를 넘어온 아버지가 길가에 걸음을 멈추고 서 있었다. 아버지는 손짓으로 읍내까지 가 내리라고 손 말을 전해 주었다. 혹시 소 판 돈을 잃어버리지 않을까 염려되어 어린 나까지 데려간 아버지였지만 마음이 짠했던지 막걸리를 한잔 걸쳤다. 나는 순대를 먹었다. 아버지와 같이 집으로 돌아오던 버스의 덜컹거림을 되살려 주며 몸을 한참 흔들어 주기도 하던 94번 버스 종점.

새벽이다.

버스 소리가 점점 잦게 들려온다. 버스에는 시간이 지날수록 일터로 가는 사람들의 숫자가 늘어나리라. 살기 힘든 세상이 도래해 일터가 아닌 일터를 구하러 가는 사람들도 늘어났으리라. 장난처럼 실직당한 친구도 일자리를 구하기 위해 어디론가 버스를 타고 가고 있을지도 모른다. 처음 타 본 차가 버스인 추억을 갖고 있을 대부분의 중년 사내들이 가장이 되어 움직이는 새벽이다.

어두운 밤길에 환한 불빛을 가슴에 품고 달리는 버스가 눈감은 내 앞을 아득히 지나간다. 이 세상에서 가장 큰 그릇인 길 위로 각양각색의 사람들을 배 속에 가득 채운 버스가 달린다. 달려가는 소리가 들려온다. 버스는 달려가면서 집 안에 있는 나도 싣고 간다.

나는 벌떡 자리에서 일어난다. 어린 시절처럼, 치열하게 살려고 일터로 가는 사람들을 태우고 가는 버스를 향해 손을 흔들어 주고 싶은 마음이 인다. 험한 고갯길을 넘는 버스 배 속에서처럼 운명을 같이 하며 동시대를 같이 살고 있는 우리. 우리라는 말을 새삼스럽게 생각하며 대문을 열어젖힌다. 멀리서 어둠을 뚫으며 봄 햇살이 달려오고 있는 새벽이다.

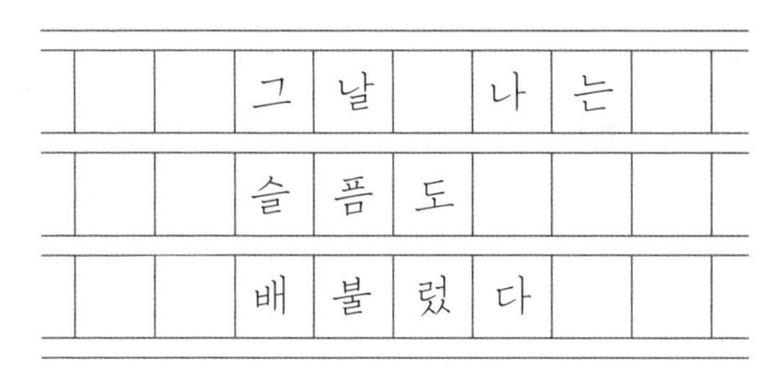
그날 나는
슬픔도
배불렀다

# 그날 나는 슬픔도 배불렀다

아래층에서 물 틀면 단수가 되는

좁은 계단을 올라야 하는 전세방에서

만학을 하는 나의 등록금을 위해

사글셋방으로 이사를 떠나는 형님네

달그락거리던 밥그릇들

베니어판으로 된 농짝을 리어카로 나르고

집안 형편을 적나라하게 까 보이던 이삿짐

가슴이 한참 덜컹거리고 이사가 끝났다

형은 시장에서 짜장면을 시켜 주고

쉽게 정리될 살림살이를 정리하러 갔다

나는 전날 친구들과 깡소주를 마신 대가로

냉수 한 대접으로 조갈증을 풀면서

짜장면을 앞에 놓고
이상한 중국집 젊은 부부를 보았다
바쁜 점심시간 맞춰 잠 자 주는 아기를 고마워하며
젊은 부부는 밀가루, 그 연약한 반죽으로
튼튼한 미래를 꿈꾸듯 명랑하게 전화를 받고
서둘러 배달을 나갔다
나는 그 모습이 눈물처럼 아름다워
물배가 부른데도 짜장면을 남기기 미안하여
마지막 면발까지 다 먹고 나니
더부룩하게 배가 불렀다, 살아간다는 게

그날 나는 분명 슬픔도 배불렀다

# 쥐

'낮말은 새가 듣고 밤말은 쥐가 듣는다.' 그렇다면 박쥐는 낮말과 밤말을 다 들을 수 있는 도청기다. 박쥐를 조심하자. '옷이 날개다.' 맞다. 산에 사는 쥐와 다람쥐는 식성이 비슷하다. 그런데 한쪽은 징그럽고 한쪽은 귀엽다.

쥐를 생각하자 머릿속이 단편적인 기억으로 가득찼다. 인도에서는 쥐를 신성한 동물로 섬겨 페스트가 창궐, 만연했을 때도 전염원인 쥐를 절대 잡지 않았다. 태국에서는 쥐를 잡아 코코넛 기름에 튀겨 먹는데 그 맛이 치킨처럼 고소하고 담백하여 널리 알려진 음식이라고 한다. 필리핀에서는 쥐 꼬리가 부의 상징으로 통해 신부가 시집갈 때 잘살기를 바라는 염원으로 쥐 꼬리를 지참한다고 한다.

십여 년 전, 내가 근무하던 현장 사무실 통로에 냉방기가 있었는데 이 냉방기에서 흘러내리는 응축수가 바닥을 질펀하게 적셔 놓곤 했다. 해서 우리는 그 응축수를 받을 수 있게 호스를 연결하여 양동이에 물을 받아 치웠다. 그런데 이상하게도 그 양동이에 쥐가 빠져 죽었다. 아마 물을 마시러 호스를 타고 내려가다가 미끄러지는 것 같았다. 나는 현장을 점검할 시간이라서 쥐를 처치하지 못하고 삼십 분 후에 돌아와 보았다. 쥐는 헤엄을 치다가 지쳤는지 꼬리로 양동이 바닥을 짚고 몸을 일자로 세운 채 견디고 있었다. 다시 육십 분이 지난 후에도 쥐는 역시 마찬가지였다. 세월이 흐르고 훗날 나는 그 쥐의 꼬리를 생각하며 다음과 같은 시 한 편을 썼다.

### 샐러리맨 예찬

쥐가 꼬리로 계단을 끌고 갑니다 쥐가 꼬리로 병 속에 든 들기름을 빨아먹습니다 쥐가 꼬리로 유격 훈련처럼 전깃줄에 매달려 허공을 횡단합니다 쥐가 꼬리의 탄력으로 점프하여 선반에 뛰어오릅니다 쥐가 꼬리로 해안가 조개에 물려 아픔을 끌고 산에 올라가 조갯살을 먹습니다 쥐가 물동이에 빠져 수영할 힘이 떨어지면 꼬리로 바닥을 짚고 견딥니다 삼십 분 육십 분 구십 분-쥐독합니다 그래서 쥐꼬리만 한 월급으로 살아가는 삶은 눈동자가 산초 열매처럼 까맣고 슬프게 빛납니다

사람들은 샐러리맨들의 월급을 쥐꼬리만 하다고 폄하하여 말하지만 그 쥐꼬리만 한 월급으로 살아가는 쥐 꼬리처럼 모든 것을 견디고 살아 내는 그네들의 삶은 얼마나 슬프고 아름다운가.

# 사촌형과 신문

1987년.

"큰일 날 뻔했다."

사촌형이 마중 나온 나를 만나자 안도의 숨을 내쉬었다.

"왜요?"

"결혼식장에 갔다 오느라고 양복을 입어서 그렇지."

"예?"

"집을 못 찾으면 여관에 가 자야 되지 않냐. 여관 가면 숙박부를 써야 하고. 양복까지 입은 놈이 숙박부도 못 쓰면 누가 시골 사람으로 믿겠냐? 간첩으로 보지. 요즘 세상에."

사촌형은 글씨를 쓸 줄 모른다. 어려서는 형이 학교 다니지 않는 게 마냥 고마울 뿐이었다. 동갑내기 사촌과 형을 따라다녔다. 형이 떡메로 도토리나무를 내리치면 후드드득—시원스럽게 쏟아지던 도토리들. 댕댕이 덩굴로 짠 종다래끼를 들고 구람을 줍던 일이 떠오른다. 금광이 있어 금방아 찧던 물레방앗간 봇도랑 물을 세숫대야로 퍼내고 잡던 메기와 뱀장어. 그 미끄럽던 감촉. 흰 눈 위에 난 발자국을 하루 종일 뒤쫓아 산토끼를 잡아오던 날은 얼마나 신났던가. 너구리를 잡으려고 바위굴에 희아리 고추와 청솔가지를 태워 매운 연기를 피우던 기억은 지금 생각해도 눈이 아리고 재채기가 날 듯하다. 학교 다니지 않는 형을 따라 산과 들과 물가를 쫓아다니던 즐거운 시절.

"네가 들어간 대학은 뭘 배우는 데냐?"

"시, 소설. 그런 거 쓰는 것 배우는 데요. 그러니까 책 쓰는 것 배우는 데요."

청량리 좁은 계단을 올라야 하는 전세방에서 형은 내게 술을 따라 주며 이런저런 이야기를 한다. 얘기의 요지는 농협에 진 빚 때문에 살아가기가 팍팍하다. 그렇지만 좀 더 열심히 일하면 살 길이 있지 않겠냐는 것이다. 나는 형이 말하는 동안 가운뎃손가락 두 마디가 잘려 나간 형의 손을 보며 옛 기억에 젖는다. 우리 담배 건조실에서 누나들과 캐 온 칡뿌리를 여물 작두로 나눠 가지려다가 잘린 손가락. 엄지와 약지를 구부려 쥐고 저 손가락을 내밀며—찌익—쥐 울음소리를 내면 울던 동네 아이도 무서워서 울음을 그쳤다.

다음날 아침 학교 가려고 나서자 형이 계단을 따라 내려왔다.

"아버지 사형제. 그러니까 우리 사륙이 이십사 형제 중에 네가 전문대학이지만 처음으로 대학생이 되었으니 열심히 공부해라. 네가 배우는 게 형은 뭔지 모르지만……."

형이 준 만 원짜리 한 장을 손에 쥐고 스물여섯 살에 전문대생에 된 나는 아주 천천히 청량리 로터리를 향해 걷는다. 여러 생각이 오가고 농가 부채에 시달리는 형이 준 돈을 함부로 쓸 수 없어 미주아파트 미주상가 미주서점 앞에서 책방이 열리길 기다린다. 오래 기다려 시집 한 권을 사고 그날 학교에 늦는다.

1991년.

눈 내린 겨울 들판 고향 가는 버스에 나는 앉아 있다.

'그대들 쉽게 고향에 돌아가지 못하리라.'

이국 시인의 시 구절을 떠올려 본다. 내게 고향은 푸근한 대상만은 아니어서, 상처가 많은 곳이라서 늘 가슴 무거운, 가기 힘든 곳 중 하나이다.

"잘 봤다!"

"예?"

"너 신문에 난 것."

명절이라 고향 땅에 돌아온 나를 사촌형이 반갑게 맞아 준다. 사촌형은 비닐에 싼 신문지를 농짝 위에서 무슨 진품 서화라도 다루듯 꺼내 내 앞에 펼친다.

"온천도 발견되고 해서 양성면이 많이 커졌어. 양성면 복사골 고종사촌형 있지. 그 형하고 보일러 가게를 거기다 냈어. 혼자 가게를 보고 있다가 점심을 시켜 먹었거든. 이 생각 저 생각 하며 밥을 먹고 있는데 아, 글쎄 어디서 본 듯한 얼굴이 밥 덮어 온 신문지에 실려 있는 것 있지. 그 신문지를 책상에 깔아 놓고 밥을 먹고 있는데 자세히 보니까 암만 봐도 너란 말이여. 이름도 두 자는 같고 하니까 분명 넌데 무슨 일로 신문에 난 건지 알 수가 있어야지. 남한테 읽어 달라고 하기도 창피하고. 네가 나쁜 일이야 저지를 애는 아니지만 만에 하나라도 그렇다면 그것도 큰일이고 해서 오토바이 타고 삼십 리 고갯길을 넘어 집으로 오면서 별 생각이 다 들더라. 집에 와서 막내한테 읽어보라고 하니까 네가 시인이 되었다고 하더라. 그래 신문지를 내가 잘 보관하고 있는 참이다. 잘된 거냐?"

사촌형이 내 앞에 펼쳐 놓은 신문지에는 김칫국물 자국이 묻어 있었다. 사촌형은 '어디서 본 듯하단 말이여.'라고 하면서는 손가락 잘린 손으로 내 얼굴 위에 동그라미를 그렸다. 첫 시집을 내자 몇몇 신문사에서 인터뷰 기사를 실어 주었는데 그중 하나를 사촌형이 우연히 보고 흥분했던 것이다. 형은 그 김칫국물 묻은 신문지를, 나도 보관하고 있지 않은 신문지를 소중하게 보관하고 있었다.

가족과 피붙이란 무엇인가. 서로에게 향긋한 냄새를 풍겨 주는 것만이 아닌, 시큰한 냄새가 나는 김칫국물 자국을 서로에게 남겨 주는 존재가 아닌가. 나는 형의 가슴에, 형은 내 가슴에 엎질러진 김칫국물이 아닌가. 어머니는 내게, 나는 어머니에게, 아버지는 내게, 나는 아버지에게, 누나는…… 그래 시큰한 김칫국물들이 모여들어 딴 세상으로 떠난 김칫국물들을 그리워하는 명절이다.

# 성구 파이팅!

엉뚱한 짓을 잘하는 조카가 있다.

"너 커서 뭐 해먹을래?"

"김치."

"그런 것 말고."

"그럼 된장국, 감자, 파……."

"아니, 그런 것 말고라니까……."

"그럼, 멸치."

조카 성구에게 물어본 것은 반찬이 아니라 장래 희망이었다. 내가 못내 가슴 저렸던 것은 그의 엉뚱한 답이 아니라 그의 답에 또래 아이들이 좋아하는 돈가스, 햄버거 같은 육류가 없다는 사실이었다. 고향 떠나 어렵게 살고 있는 집안 형편을 적나라하게 대변하고 있어 맘이 아팠다.

세월이 흘러 성구가 초등학생이 되었을 때였다. 집으로 돌아오던 나는 발길을 멈추었다. 오층 건물에서 성구 친구가 종이비행기를 날리고, 성구는 길바닥에서 불규칙하게 방향을 바꾸며 떨어지는 비행기를 땅에 닿기 전에 받으려 하고 있었다.

"성구야, 너 차에 치이면 어쩌려고 큰 길에서 위험한 장난을 하니. 집에 가서 놀아라."

"삼촌, 우리 지하실 방에서는 비행기를 높이 날릴 수 없잖아."

그날 숙제 안 하고 놀기만 한다는 트집을 잡아 성구를 혼내고 마음이 짠했다. 꿈속에서는 지하실 방에도 푸른 하늘이 펼쳐지는지, 비행기를 마음껏 날려 보는지, 얼굴에 웃음기 띠며 잠자던 성구. 그 후 얼마 지나지 않아 우리는 어려운 서울 생활을 정리하고 친척집 농장으로 이사를 했다.

그해 식목일, 나무를 몇 그루 옮겨 심고 있는데 성구가 돼지사료 차를 가로막았다. 빗물 고인 웅덩이에서 닭이 되라고 심은 계란을 꺼내 집안에 웃음을 던져 주기도 했다.

다시 서울 생활하던 내가 농장에 놀러 갔을 때다.

"삼촌, 염소가 고추밭에 들어갔어."

"염소가 고추도 먹냐?"

"염소는 하늘하고 바위만 못 먹고 다 먹어."

"그래, 그럼 하늘처럼 푸른 목소리로 바위처럼 씩씩하게 염소를 쫓으러 가자꾸나."

성구와 염소 쫓던 일도 떠오른다.

우루과이 라운드가 타결되고 농장이 망했다. 성구는 다시 부천시에 있는 외삼촌네 지하실 방으로 이사를 갔다. 성구야, 네가 씨름 선수가 되었다니 기쁘다. 삼촌은 네가 어두운 가족사를 극복하고 꼭 훌륭한 김치가 되리라는 것을 믿어 의심치 않는다. 성구 파이팅!

# 슈퍼비전 속의 달

칠팔 년 전, 그러니까 내가 매형네 전자 대리점에서 일을 도와주며 대학에 다닐 때의 일이다. 가게에서 중국집 음식을 자주 시켜 먹었다. 중국집 음식이래 봤자 짜장면 아니면 짬뽕이 대부분이었고 가끔 탕수육을 시켜 먹는 게 고작이었다. 우리가 음식을 시켜 먹던 가게도 그 외의 음식은 잘 만들지도 못할 것 같은 옹색한 식당이었다.

"뭘 그렇게 들여다보냐?"

빈 그릇을 가지러 와서 벽에 진열된 티브이를 유심히 살피는 배달 소년에게 매형이 한마디 던졌다.

"티브이가 잘 나오고 좋아 보여서요."

열여덟 살쯤 되어 보이는 배달 소년은 가게에 들를 때마다 진열되어 있는 여러 대의 티브이 중 '슈퍼비전'이라는 이름의 티브이를 유심히 살폈다. 그때만 해도 대낮에 티브이를 방영하는 날이 그리 흔치 않았다. 배달 소년은 낮에 스포츠 중계가 있는 날은 점심 먹은 그릇을 바로 찾아가지 않고 티브이가 나오는 시간에 들러 티브이를 보다 가져갔다. 또 어쩌다 저녁에 그릇을 찾으러 오면 터치 식으로 되어 있는 티브이 채널 스위치를 작동시켜도 보았다. 스위치에 손때가 묻어 윤이 반지르르 날 즈음 가을이 되었다.

"너 요즘 들어 티브이를 더 자주 보러 온다. 식당에 있는 티브이는 맘에 안 드냐?"

"사장님, 이 티브이 팔지 마세요! 제가 사 가게요!"

"그건 진열품이고 똑같은 티브이는 창고에 많이 있다."

"아니, 이 티브이가 좋아요."

한가위 전날, 말끔하게 옷을 차려입은 배달 소년이 가게 문을 열고 들어왔다.

"사장님, 이 티브이 박스에 넣어 줘요. 시골 어머니 사다 드리려고요."

배달 소년에게 진열 티브이는 새것이 아니니까 새것을 가져가라고 설득을 해보았으나 막무가내였다. 그래서 하는 수 없이 티브이 가격을 몇 만 원 깎아 주고 배달 소년이 점찍어 놓았던 티브이를 팔았다. 배달 소년이 빈 그릇 대신 티브이를 어깨에 걸쳐 메고 문을 나서자 매형은 소년의 괜한 고집을 알다가도 모르겠다는 듯 허허 웃었다.

나는 슈퍼비전을 사 가지고 고향으로 향하는 소년을 보며 생각에 젖었다. 물건을 사러 온 손님 중에는 새것을 갖다 준다면 믿지 못하고 진열품을 가져가는 사람들이 가끔 있긴 했다. 그러나 배달 소년이 진열품을 가져간 데는 그와는 다른 이유가 있는 듯싶었다. 소년은 그 티브이를 부모님께 사다 드려야겠다고 마음먹고 고장이 잦은가 그렇지 않은가를 살펴 왔던 것은 아닐까. 시골 부모님이 티브이를 힘들여 고치지 않고 오래 보실 수 있도록 하기 위해……. 아니면 그 티브이를 사겠다고 그 티브이를 보며 수없이 마음 다짐을 하다가 그 티브이와 정이 들었던 것은 아닐까.

한 · 가 · 위

그 소년의 부모님이 잠든 방에 놓여 있을 티브이에 환한 보름달이 비치는 그림을 상상하니 가슴이 뭉클해져 왔다.

# 연필에 새긴 이름

이십여 년 만에 고향 친구를 만났다.

"미숙이는 약사한테 시집을 갔고……."

"약사!"

어려서 큰 집에 살았었다. 장터 한복판이었는데 대문 잠그고 쪽문만 열면 안마당이 당시 시골을 떠돌던 가설극장이 되던 큰 집이었다. 또 장날이면 바깥마당에 약장수들이 와 쇠모루에 강돌을 얹어 놓고 맨손으로 쪼개거나 입으로 불을 내뿜으며 장꾼들을 불러 모아 놓았다. 약장수들은 마당을 쓰게 해줘 고맙다며 팔던 약이나 잡다한 물건들을 주고 갔다.

자개 연필.

약장수가 주고 간 연필을 우리 반에서 제일 예쁜 미숙이에게 주고 싶었다. 성격이 내성적이었던 나는 직접 전해 주지 못하고 다른 아이들 몰래 전해 줄 궁리를 했다. 결국 나는 연필에 음각으로 내 이름을 팠다. 이름 판 연필을 일찍 등교해 미숙이 책상 서랍에 넣어 두었다.

첫째 수업 시간이 시작되었다. 미숙이는 별 반응이 없었다. 초조했다. 눈이 마주칠까 조심하며 미숙이를 관찰했다. 선생님 목소리가 하나도 귀에 들어오지 않았다. 유리창 가에 날아와 부딪치며 날갯짓하는 미루나무벌 소리가 긴장감을 북돋웠다. 괜한 짓을 했구나, 후회도 되었다. 창 밖에는 플라타너스 큰 잎새가 너풀너풀 떨어지고 있었다. 맑은 가을 하늘에 높이 떠 있는 구름처럼 시간이 더디 흘렀다.

드디어 미숙이가 연필을 발견하고 꺼내 이리저리 살펴보기 시작했다. 나는 눈을 지그시 감았다.

미숙이는 곧 내 이름을 볼 것이다. 그리고 내가 친구들 몰래 준 것이라는 감을 잡고 나를 향해 미소를 지으리라. 공부도 잘하는 예쁜 미숙이가 나를 향해. 이름을 연필 끝에다 파 놓은 것은 정말 잘 한 일이다. 미숙이는 내 이름을 확인하고 내 마음을 알겠다고 고개를 끄덕이며 다른 친구들이 보지 못하게 연필을 깎는다. 내 이름이 미숙이 손에 깎여 나간다. 연필 향기가 내 코앞을 스친다.

찌르르릉~

안 돼!

수업을 마친 선생님이 교실을 나서려는데 미숙이가 앞으로 나가고 있었다. 미숙이 손엔 연필이 들려 있었다.

"자, 이거 누구 연필이지? 미숙이 책상 서랍 속에 들어 있었다는데……."

콩닥거리던 가슴이 터져 버릴 것 같았다. 곧 선생님이 내 이름을 부르고 이 연필이 왜 미숙이 책상 서랍에 들어가 있느냐고 물으실 것이다. 아이들의 웃음소리와 눈빛이 나를 덮쳐 오리라.

"여기, 흠집이 있는데…… 주인 없으면 미숙이 네가 그냥 써라!"

휴!

혹시 그때 선생님이 내 이름을 읽으셨던 것은 아닐까. 그리고 아이들 모르게 미숙이에게 내 마음을 전달해 주셨던 것은 아닐까.

# 가을 동막리 뻘에서의 하루

## 포구

분오리돈대 포구는 새우잡이 준비로 들떠 있다. 젓 담을 드럼통들이 쌓여 있고 사십여 척의 배에 그물 설치 작업이 한창이다.

"구경 나오셨으까?"

"새우그물 다는 것 구경하러. 드럼통들을 작년보다 많이 싸 놓았네."

"드럼통이 뭐시껴. 젓 담을 부라자지. 젓이 잘 나와야 할 텐데……."

우스갯소리 건네는 서해 3호 선장 함현수 씨는 동막리에서 나이가 제일 어린 어민 후계자다. 현수 씨는 작년에 새우젓 팔십 드럼통을 잡았다. 올해는 백오십 드럼통을 목표로 잡고 드럼통을 옮기고 그물을 끌어올릴 때 쓰는 붕대를 더 튼튼하게 설치하고 있는 중이다.

배들이 묶여 있는 방파제 앞 개펄에는, 전기용접 불빛과 연삭기 돌아가는 소리에 놀란 칠게들이 여느 때보다 더 민첩하게 뻘구멍 속을 들락거리고 있다.

영종도 국제공항이 들어선 이후 물살이 약해지고 물 흐름 방향도 바뀌어 강화도 앞바다에서 고기잡이가 힘들어졌다는 어부들의 말을 여러 번 들었다. 또 김 양식도 잘 되지 않고 해서 현수 씨는 한해 바다 농사 중 젓새우잡이에 큰 기대를 걸고 배를 두 배 큰 십 톤 급으로 바꾸었다. 봄철에 숭어가 잘 잡히지 않는다는 현수 씨 말을 들으며 술을 먹다가 써 보았던 시가 떠오른다.

어민 후계자 함현수

형님 내가 고기 잡는 것도 시로 한번 써 보시겨

콤바인 타고 안개 속 달려가 숭어 잡아오는 얘기
재미있지 않으시꺄 형님도 내가 태워 주지 않았으꺄
그러나저러나 그물에 고기가 들지 않아 큰일 났시다
조금 때 어부네 개새끼 살 빠지듯 해마다 잡히는
고기 수가 쑥쑥 빠지니 정말 큰일 났시다
복사꽃 필 때가 숭어는 제철인데
맛 좋고 가격 좋아 상품도 되고……
옛날에 아버지는 숭어가 많이 잡혀
일꾼 얻어 밤새 지게로 져 날랐다는데 아무 물때나
물이 빠져 그물만 나면 고기가 멍석처럼 많이 잡혀
질 수 있는 데까지 아주, 한 지게 잔뜩 짊어지고
나오다 보면 힘이 들어 쉬면서 비늘 벗겨진 놈
먼저 버리고 또 힘이 들면 물 한 모금 마시면서
참숭어만 챙겨 놓고 언지, 형님도 가숭어 알지 않으시꺄
언지는 버리고 그래도 힘이 들면 중뻘에 지게
받쳐 놓고 죽을 것 같은 놈 골라 버리고
그렇게 푸덕푸덕대는 숭어를 지고
뻘길 십 리 길 걸어 나와
온몸이 땀범벅이 된 채 곶부리 끝에 서서

담배 한 대 물고 걸어온 길 쳐다보면서
더 지고 나오지 못한 것을 후회도 했다는데
뻘길 십 리 길 가물가물 멀기는 멀지 아느껴
힘들더라도 나도 그렇게 숭어 타작 좀
한번 해보았으면 좋겠시다

현수 씨 콤바인 타고 들어가 고기 싣고 나오는 얘기는
여차리 일부 뻘 얘기지만 뻘이 딱딱해진다는
너무 슬픈 얘기라 함부로 글을 쓸 수 없고
아버지 얘기는 그냥 시인데 뭘 제목만
'인생' 이라고 붙이면 되지 않겠어

형님, 한잔 드시겨!

## 뱃길

배가 달려도 먼지가 나지 않는다. 물방울이 튀고 놀란 물고기가 뛰어오르고 배가 몸으로 바다를 가르며 뿌려 대는 나비물이 물보라를 날릴 뿐. 어부들에게 뱃길은 물에 묻혀 있는 물고기를 캐러 가는 길이다. 해발 제로의 길. 바닷물이 몸 섞기를 거부하는 힘, 배의 부력으로 떠서 가야 하는 길이 뱃길이다.

올해 동막리에서 유일하게 김 농사를 짓는 고승준 씨 배 여진호를 타고 바다로 나간다. 뭍길의 끝 방파제에 한 가닥 보릿줄(배 뒤쪽을 묶어 방파제에 배를 고정시키는 줄)로 매달려 있던 배가, 시인 장석남의 표현을 빌리면 족보처럼 포구에 묶여 있던 배가 바다를 향해 움직인다. 문자가 없는 바다를 향해 문자의 실뿌리 뻗어 있는 포구를 박차고.

포구에서는 손가락 글씨가 자주 쓰인다.

'글쎄, 숭어 그물 동쪽 활이 각을 더 벌리고 서쪽 활이를 한 떼는 더 길게 쳐올렸어야 했다고. 이렇게……. 이렇게…….'

포구에서 손가락 글씨와 어울리는 또 하나의 문자는 육두문자다.

“아저씨 모레 시간 좀 있으꺄?”

“모래가 아니라 바위라도 시간 없시다. 아줌마 뭔 써개말장(큰 말뚝을 잡아 줄 줄을 묶는 말뚝)이 내 물건 기장보다 짧으꺄.”

포구에서는 거친 말도 좀처럼 거칠게 들리지 않는다. 포구의 어수선함과 배 동력 소리를 뚫고 의사를 전달하려다보니, 강하고 거친 어투도 자연스럽게 받아들여지나 보다. 아니면 바다에서의 삶 자체가 험하기 때문에 거친 말쯤이야 대수롭지 않게 여겨지는지도 모른다.

뱃길에는 글자로 된 이정표가 없다. 선장의 기억이나 물 속 그물의 시작과 끝을 알리는 부표 또는 입성(그물이 있다는 표시를 하는 깃발)에 의존해 배는 바닷속 장애물을 피해 가야 한다. 물고기길을 막고-모든 그물은 물고기길을 가로막고 있다-있는 그물과 그물을 걸고 있는 말뚝이나 닻을 피해 가야 하고 여(물속에 잠겨 있는 바위)를 피해 가야 한다. 결국 뱃길은 물고기를 찾아가는 사람이 내는 길이 아니라 물고기길이, 물고기가 살고 있는 위치가, 물고기가 내놓은 길인 셈이다.

배는 선두리 포구로 향하는 물골시와 분오리돈대 포구를 향하는 물골시가 만나는 삼계를 지난다. 큰 배에 묶어 달고 가는 작은 배가 어미 물고기 곁에 붙어 가는 새끼 물고기 같다. 멀리 영종도 국제공항에서 날아오르는 비행기도 하늘을 나는 물고기처럼 보인다.

원래 문자는 물의 글씨가 아니었던가. 먹물이 그렇고 혈서가 그렇고 관짝에 쓰는 간장에 푼 금분의 글씨가 그렇고……. 그런데 요즘은 어떠한가. 문자라곤 문패뿐인 바닷가 마을에서 도회지로 나가며 보는 글자들은 어떠한가. 간판을 이마에 단 건물들이 점점 많아지다가 온몸에 간판을 새기고 있는 건물들만 즐비한 곳이 도회지 아닌가. 젊은 여자들은 간판 아래로 들락거리기를 좋아하여, 밤이면 붉은 불의 글씨들이 살아나는 도회지로 다 떠났다. 문자가 없는 바다에서 문자에 대한 생각이 더 깊어지는 것은 무엇 때문일까?

## 새우와 낙지

삼십 분쯤 달리던 배가 속도를 늦춘다.

물이 빠지자 윗부분이 드러난 숭어그물(물이 빠지면 고기가 걸리게 초승달 모양으로 벌려 일 킬로미터쯤 쳐놓은 그물. 자릿그물의 한 종류)의 위치를 기준 삼아 물에 잠겨 있는 개막이그물 말뚝 위치를 어림잡고 그 근처에 작은 닻을 묶어 그물을 던져 놓는다. 물이 빠진 후, 배를 세워 둘 숭어 그물 쪽에서 개막이그물을 어깨에 메고 이동하자면 힘이 들어 터득한 요령이다.

배가 숭어그물 쪽으로 천천히 다가선다. 삿대를 들고 이물(배의 앞부분)에 서서 곳줄(배를 달아맬 수 있게 땅에 박아 놓은 줄)을 잡을까 아니면 닻을 줄까 승준 씨에게 물어본다. 승준 씨가 빨리 닻을 주라고 손으로 말한다. 닻을 던진다. 시동을 끄고 승준 씨가 달려와 닻이 잘 박히는지 풀리고 있는 닻줄을 잡고 당겨 본다.

닻줄은 배가 물살에 떠밀리는 것을 잡을 뿐 배의 흔들림을 잡지는 못한다. 닻이 뻘에 박히자 배는 충실하게 물살을 읽기 시작한다.

닻이 박히는 물속 흙을 닻밥이라고 한다. 닻밥이 모래나 너무 무른 뻘이면 닻이 끌린다. 닻밥은 딱딱한 층을 가지고 있는 뻘이 제격이다.

승준 씨가 닻줄을 길게 주어 닻줄의 각도를 늦추어 놓는다. 그래야 닻밥이 좋지 않아도 닻줄이 힘을 받기 때문이다. 물속 땅으로 물위 배의 흔들림을 전달하고 있는 닻줄. 배가 심하게 흔들릴수록 물살이 셀수록 닻은 더 깊이 땅에 박힌다. 사람들 기억 속에 박히는 상처처럼.

같이 배를 타고 나온 조개꾼 아주머니들에게 망둥이 낚시를 하며 물이 나기를 기다리라고 한다. 승준 씨를 따라 큰 배에 잡아매고 나온 선외기라 부르는 작은 배로 옮겨 탄다. 선외기는 빠르게 김말장 박아 놓은 곳으로 향한다.

말장에 김발을 붙잡아맬 고랭이줄을 매기 위해서다. 물이 다 빠진 후에 고랭이줄을 매려면 사다리를 들고 뻘밭을 다니며 말장마다 일일이 올라갔다 내려왔다 반복해야 한다. 그렇게 일을 하려면 여간 힘든 게 아니다. 또 시간도 오래 걸린다. 그래서 물이 적당히 빠졌을 때 배를 몰고 김말장 사이를 다니며 배 위에서 줄을 묶어 늘어뜨려 놓는다.

매듭을 빨리 묶는 승준 씨가 줄을 묶고 나는 연삿줄(말장들이 쓰러지지 말라고 말장과 말장을 쭉 묶어 놓은 줄) 잡고 배를 움직여 간다. 한 줄이 끝나면 다시 배 시동을 걸어 물살을 거슬러 올라가서 물살을 따라 내려오며 작업을 한다. 배 바닥이 뻘에 걸릴 것 같아 작업을 끝내고 큰 배로 돌아간다.

큰 배에서는 조개꾼 아주머니들의 망둥이 낚시가 한창이다.

밑감으로 민달팽이처럼 생긴 민챙이(이곳 사람들은 염소라 부른다)를 쓰는데 한번 끼워 놓으면 망둥이 여러 마리를 잡아도 잘 떨어지지 않아 좋다. 망둥이도 전처럼 많이 잡히지는 않아 한 접에 만 원씩 하던 게 사만 원씩 한다니 망둥이도 줄긴 참 많이 줄었나 보다.

망둥이는 물골을 타고 바닥에 붙어 다닌다. 그래서 대개 망둥이 낚시는 물이 들어올 때 물골로 걸어 나와 뒷걸음쳐 나가며 한다.

망둥이는 물높이가 가슴 노리 때 잘 문다. 적정 물 높이를 오래 유지하며 낚시를 하기에는 물이 천천히 들어오는 조금 때가 좋다. 망둥이는 밀물 때 앞장서서 들어오고 물이 돌아서면 바로 돌아서서 나가, 배에서 낚시할 때 말고는 썰물 땐 낚시를 하지 않는다.

물이 다 나 조개꾼들은 배에서 내려 조개를 잡으러 가고 승준 씨를 따라 숭어그물 물손을 보러 간다.

"방안(그물의 양끝과 중앙에 물고기가 못 빠져나가게 미로 형태로 쳐 놓은 그물)에 언지가 꽤 많이 뛰었었는데?"

"눈먼 봄 숭어인지 아시껴. 요새 숭어는 그물코 세고 다닌다고 하지 아느껴. 물때가 많이 껴서 그물 넘어가게 생겼시다. 빨리 걷어야지. 숭어도 안 들고."

염통(방의 두 귀퉁이에 설치한 기다란 자루그물. 모양이 누워 있는 굴

뚝 같다고 하여 굴뚝이라고도 부른다)을 턴다. 숭어 몇 마리, 꽃게, 망둥이, 박대, 장대…….

"꽃게가 계속 드네. 연평도 교전 때문에 꽃게가 여기까지 들어온 거죠?"

"옛날엔 꽃게 같은 건 먹지도 않았시다. 물골시 따라 들어와 망둥이 낚시하다 보면 꽃게가 바글바글했시다. 깨물어서 귀찮을 정도였시다. 그물에 걸린 꽃게 좀 따 가라고 그물 주인이 사정해도 거들떠보지도 않았었는데……."

고기를 구분해 배에 놓고 삽을 들고 낙지를 잡으러 간다. 뻘에 뚫린 수천만 개의 구멍 중에서 낙지 구멍 찾기는 쉽지 않다. 물기가 좀 있고 뻘 주위에 게 구멍이 없는 번들거리는 곳을 집중적으로 찾아본다. 낙지 구멍 주위에는 낙지가 칠게를 잡아먹어 게 구멍이 없다. 그래서 뻘이 번들거리기 때문에 낙지구멍이 근처에 있다는 표시가 된다.

낙지 잡는 법은 크게 두 가지다.

첫 번째 방법은 붙여 잡는 법이다. 낙지가 들어간 구멍에 한 손을 살짝 갖다 대고 나머지 손으로 게가 움직이는 것처럼 물살을 일으키거나 조용히 기다린다. 그러면 낙지가 무엇인가 다가온 것을 감지하고 잡아먹으려고 긴 발을 뻗어 구멍에 갖다 댄 손가락을 더듬는다. 그때 남은 한 손을 빠르게 놀려 낙지 발을 움켜쥔 손 밑으로 쑤셔 넣어 움켜 내는 법이다. 이 방법은 무른 뻘에서 가능하고 낙지 잡기에 도가 통한 사람들이 주로 쓰는 기술이다.

두 번째 방법은 구멍을 파 들어가 낙지를 잡는 법이다. 우선 낙지가 들어간 구멍(암구멍)을 발로 밟는다. 그러면 여러 개의 콧구멍(낙지가 제 다리 수만큼 뚫어 놓은 숨구멍, 숫구멍이라고도 함) 중 물이 밀려나오다 막히는 구멍(낙지가 도망가 머리로 구멍을 막아)이 있다. 그 구멍 쪽을 향해 파 들어간다. 뻘 속에서 낙지 구멍이 자주 가지를 치고 휘어 길을 잊어 먹기 십상이라 이 방법도 그리 쉽지는 않다. 가을 낙지는 봄 낙지보다 구멍과 구멍 사이가 멀어 잡기가 힘들다. 날씨가 추워지면 추워질수록 낙지가 점점 더 깊이 파고들어 가 잡기가 힘들어진다.

어깨까지 팔을 집어넣어 낙지를 꺼내는 승준 씨 손가락에서 피가 난다. 뻘 속에 묻혀 있는 깨진 조개껍질에 손가락을 베인 것이다. 저래서 낙지 한 마리에 피가 한 되란 말이 있는가 보다.

"소라가 사람 발소리 들으면 감쪽같이 도망가서 내가 이쪽은 어제 오지 않았었는데, 소라 좀 있지 않으껴?"

낙지 구멍을 찾아다니다 잡은 소라를, 물 끝에서 소라를 잡고 있는 조개꾼들에게 준다. 대개 조개꾼들은 물이 많이 났을 때 소라를 줍고 물이 돌아서면 무른 뻘 쪽으로 가 모시조개를 잡는다.

승준 씨는 낙지 잡기를 멈추고 개막이그물을 매러 간다. 물 위에서 그물을 던져 놓았던 미루지 물골시가 벌써 다 나아 있다. 배로 가 지푸라기 단을 들고 승준 씨 뒤를 따른다.

"말뚝 근처에 그물을 기가 막히게 던져 놓았네."

"그물 끌고 다니는데 힘들면 좋겠시꺄."

큰 물골시 따라 들어오는 물을 팔 벌리고 받는 모양으로 띄엄띄엄 박아 놓은 말뚝에 그물을 걸어 나간다. 나는 앞에서 그물을 풀며 나가고 승준 씨는 그물 아랫벼리와 윗벼리를 당겨 엇살나지 않게 걸어 나온다. 사타구니 높이의 말뚝에 꿴 그물 아랫벼리는 뻘 속으로 찍어 누르고 윗벼리는 당겨 무릎 높이로 건다.

높이가 낮은 그물은 뒤로 스란치마처럼 한 팔 정도 축 처져 활이가 진다. 물살을 타고 오던 새우가 처진 그물에 달라붙은 다음 그물을 타고 돌지 못하게 군데군데 세로줄이 묶여 있다. 그물을 다 걸고 지푸라기로 그물 윗벼리와 아랫벼리를 말장에 묶는다. 짚으로 묶는 이유는 그물을 붙잡고 있다가 물이 한 길 정도 차오른 후에 배 위에서 그물을 당길 때 적당한 힘을 받는 순간에 잘 끊어지게 하기 위해서다. 그래야 힘도 덜 들뿐더러 그물 아랫벼리와 윗벼리가 잘 홀쳐지기 때문이다.

맨 끝 말장에 그물 설치가 끝나면 아랫벼리와 윗벼리를 같이 잡아매고, 물이 들어 온 다음 배 위에서 잡아당길 수 있게 이 줄 끝에 부표를 달아 길게 늘어뜨려 놓는다. 개막이그물 두 떼(백육십 미터) 매기는 반시간 걸려 끝이 난다.

"그물 일찍 뽑아야겠시다. 물이 너무 멀리 나 새우가 들어오면서 다 흩어지겠시다. 일찍 뽑아 새우 잡아먹으러 온 망둥이라도 잡아야지."

조개꾼들이 무른 뻘로 자리를 옮겨 모시조개를 잡고 있다. 조개가 눈(열쇠 구멍처럼 길쭘한 조개의 숨구멍)을 뜨지 않았는지 발로 뻘을 밟아 눈물구멍(물이 많이 나는 사리 발에는 조개가 눈을 잘 뜨지 않아 발로 뻘을 더듬어 조개를 잡는다. 발로 더듬으면 조개가 놀라 뻘 속에서 입을 다물고 이때 구멍이 생기며 물방울이 뻘 위로 눈물처럼 찔끔 솟는데 이를 눈물구멍이라 한다)을 찾아 잡고 있다.

조개꾼들을 전문적으로 싣는 배는 뱃삯으로 조개 두 되를 받는다. 승준 씨는 친한 사람들을 그냥 태워 주긴 해도 전문 조개꾼들을 태우지는 않는다.

승준 씨는 밀려들어오기 시작하는 물 끝으로 걸어 나가 다시 낙지잡이를 한다. 낙지는 물이 들어올 때 숨구멍을 크게 불어 놓는다. 이때가 낙지 구멍 찾기가 수월하여 낙지꾼들이 제일 바쁘게 움직이는 시간이다.

정신없이 낙지를 잡다가 지대가 낮은 물골시로 먼저 타고 들어온 물에 에둘러 싸여 사람이 죽기도 한다. 조개도 마찬가지로 물이 밀려들어올 때 눈을 많이 떠서 할머니들이 조개 담고 다니는 고무박을 허리에 건 채 죽기도 한다.

## 뻘길

물이 들어와 낙지잡이도 조개잡이도 끝이 나고 배 위에서 개막이그물에 물이 차오르기를 기다린다. 맑은 물에 조개만 넣는 왈가닥탕을 끓이고 낙지 몇 마리와 초지랑(초장)으로 늦은 밥을 먹는다. 어차피 바다에서의 모든 일은 물때를 맞춰서 하기 때문에 늦었다고 할 수도 없는 식사다.

멀리 뻘길을 따라 고무박을 머리에 이고 뭍으로 걸어 나가는 흥왕리 아주머니들이 보인다. 저 드넓은 뻘에도 길이 있다니.

길의 원형은 뻘길이다.

물이 빠지면 뻘에 물골시가 드러난다. 뻘 속에 스며 있다 흐르는 물과 산에서 내려오는 민물, 개간지 수문에서 흘러나오는 물이 합쳐 흐르며 골시를 형성한다. 그 골시로 물은 가장 늦게 나가고 가장 먼저 들어온다.

물길엔 모래가 깔려 진흙 뻘보다 발이 덜 빠진다. 뭍에서의 길이 물길을 따라 생겨나듯 뻘길도 물길을 따라 생겨난다.

뻘길의 들목은 물골이 거의 형성되지 않아 사람들이 발로 다진 길이 얕은 물골이 된다. 점차 물길이 확연해지면서부터는 물길이 사람들 다니는 길이 된다. 바다 쪽으로 더 멀리 들어가면 물길이 서로 만난다. 그런 곳에는 모래가 많이 쌓여 발이 깊이 빠지게 된다. 이때는 물길 옆으로 뻘길이 난다.

길이란 딱딱하게 다져지는 것이 생명이다. 뻘길은 다져져도 적당히 다져진다. 물과 사람이 번갈아 길로 삼기 때문이다. 뻘길은, 사람의 길과 물의 길이 합쳐져 있는 길의 원형이기도 하다. 사람이 물에서 진화했다는 진화론적 차원에서 본다면 더 그러하리라.

개막이그물 위로 물이 차자 갈매기들이 그물 주위로 모여든다. 그물을 뛰어넘는 작은 젓 새우들을 잡아먹으며 우는 소리가 시끄럽다. 자맥질 잘하는 흰 제비(바다제비) 십여 마리도 바쁘다.

승준 씨가 개막이그물을 당길 때 참새우 가시에 찔리지 않으려고 목장갑을 끼며 내게도 던져 준다.

## 줄

바다에서 제일 큰 일꾼은 줄이다. 배를 잡는 닻줄, 곳줄이 그렇고 낚싯줄이 그렇다. 줄로 만들어지지 않은 그물도 없다. 그물들은 물을 잘 따돌린다. 줄들 끼리 힘을 합해 물에서 고기들을 떼어낸다. 줄이 없다면 배 위에서 무슨 작업이 가능할까.

승준 씨가 고물에 앉아 배를 몰고 이물에 선 내가 삿대로 개막이그물 부표를 건져 올린다. 선외기 동력을 끄고 승준 씨와 나는 그물을 당긴다. 뱃전에 선 승준 씨가 그물을 주로 당기고 나는 뽑혀 나온 그물을 사려 놓는다. 망둥이는 그런 대로 든 것 같은데 새우 양이 적다. 물알이라 불리는 민챙이 알이 들고 티겁지가 많이 따라 올라온다. 물속도 가을인지 단풍든 나무 이

파리도 따라 올라온다. 새우와 망둥이가 적게 걸려 더 힘이 들고 허리가 아프다.

6

## 바다 안개

장봉도 앞쪽에 해무가 인다.

배는 십 분 정도 달려 주거여라 부르는 바위 곁을 지난다. 주거여는 뻘 한가운데 박혀 있는 바위다. 바위가 그리 크지 않아 물이 차면 잠긴다. 처음 배를 탈 때는 꼭 배가 주거여를 향해 달리는 것 같아 겁이 많이 났다. 경험 많지 않은 사람들이 배를 몰다가 주거여에 부딪쳤다는 말을 들어 더 그랬었다.

세상에 필요 없는 것은 없다는 사실을 절감하게 해준 주거여. 뱃사람들은 주거여를 기준으로 배의 위치를 파악하고 물이 나고 든 정도를 감 잡는다. 물속에 잠기는 위험한 바위도 다 쓸모가 있는 것이다.

승준 씨는 배가 주거여 앞을 지나자 시동을 끈다. 승준 씨와 내가 큰 배에 붙잡아맨 선외기에 털어 논 새우와 망둥이를 고르는 조개꾼 아주머니들의 손놀림이 재다. 아주머니들은 검불을 골라내고 말랑말랑한 계란 크기의 물알을 조심스럽게 떠 버리기도 한다. 물알이 터지면 미끌미끌해져 새우 고르기가 여간 힘들어지는 게 아니다.

"저 정도 안개는 아무것도 아니시다. 지난번 겨울, 배 오래 탄 형배 형이 안개가 선장 눈 뽑아 간다고 나가지 말라는 날 나왔다가 죽을 뻔했시다. 현수 형 진수하고 같이 나갔다가, 아무것도 보이지 않아 배를 몇 번 잡아 돌리고 나니까, 어디가 어딘지 알 수가 있어야지. 주위에 산과 마을이 보이지 않으니까 꼼짝도 못 하겠더라니까. 헤매다가 쇠 파이프에 걸려 배 뚫어 먹을 뻔했시다. 뻘에 배 걸고 달달 떨다가 물 밀어 들물에 또 왔다갔다 헤매는데 안개 속에서 목탁 소리가 들려오지 아느껴. 그래서 그 소리만 듣고 따라 나오니까 방파제에서 죽은 사람 뼛가루를 뿌리고 있지 않으껴. 하도 고마워서 잡은 피조개 몇 개 줬더랬시다. 이제 집에 목탁 하나 사놓고 안개 껴 헤매게 되면 아들놈한테 포구에 나와 치라고 해야겠시다."

배는 물 따라 포구로 떠 들어가고 승준 씨 이야기를 들으면서 빙 둘러앉아 새우에 묻은 티검지를 골라낸다.

멀리 장봉도에 안개가 걷힌다.

## 소금

달이 밀어준 물을 태양이 바싹 말린 물의 사리, 물의 뼈, 바닷물의 정신, 소금. 죽음처럼 썩지 않는.

새우를 골라 바닷물에 깨끗이 씻고 소금과 육대 삼으로 절인다. 새우젓을 배 위에서 담근다.

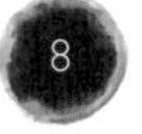


## 귀항

결국 배 위에서 출렁이는 뱃사람들의 삶을 잡고 있는 닻은 멀리 보이는 갯마을의 작은 집들일 것이다.

# 한겨울 너구리 생각

눈발이 난분분하다.

동물들도 잠자며 꿈을 꿀까.

문득 떠오른 의문 하나가 지난 가을 내가 만났던 너구리를 기억 속에서 끄집어냈다. 동물들이 꿈을 꾼다면 나는 그때 만났던 너구리에게 얼마나 못된 짓을 한 것인가.

나는 한강 위로 흩날리는 눈보라 구경을 접고 달맞이봉을 내려왔다. 전화로 이 사람 저 사람에게 물어보았으나 동물들이 꿈을 꾸는지에 대해 속 시원히 알고 있는 사람은 없었다. 대부분은 모르겠다고 했고 친구 한 명이 정확하진 않다는 단서를 달고 개 이상 아이큐를 가지고 있는 동물들은 꿈을 꾼다고 책에서 본 듯하다고 했다.

나는 동물들이 꿈을 꾸는지에 대해 전화상으로 알아보기를 단념했다. 그러나 끝없이 머릿속을 비집고 들어오는 너구리 생각을 떨쳐 버릴 수 없었다.

바위 밑에 구멍이 있으면 가을에 억새를 꺾어 창살처럼 입구를 막아 놓는다. 너구리가 잠을 자러 들어간 표식으로 억새 대궁이 부러지면 너구리를 잡으려고 생솔가지 연기를 이 산 저 산에서 자욱이 피워 대던 유년의 추억. 사촌형이 땅콩밭에 내려온 너구리를 덫으로 잡아왔던 기억. 티브이 《6시 내 고향》에 너구리 사육에 성공한 사람이 출연, 너구리는 겨울잠을 자기 때문에 겨우내 사료를 줄 필요가 없어 경제적이라고 하던 말…….

아, 무엇보다도 지난가을.

지난가을 나는 산속에서 가축을 기르고 있는 형네 집을 향해 산길을 올라가고 있었다. 아주 인적이 드문 길이었다. 길을 한참 오르다가 산밤나무 밑에서 철 지난 밤을 줍고 있을 때였다. 풀숲에 웅크리고 있던 너구리와 눈이 마주쳤고 순간 나도 모르게 당황하여 돌을 집어던졌다. 너구리는 혼비백산해 줄행랑을 쳤다. 철로 보아 너구리는 놀란 가슴을 다 달래지도 못하고 겨울잠에 들었을 것이다. 아, 너구리가 꿈을 꾼다면 나한테 놀랐던 기억 때문에 불길한 꿈을 꾸지나 않을까. 하루도 아니고, 한겨울 내내 겨울잠을 자는 너구리가 긴긴 악몽에 시달린다면…….

춥고 깊어진 겨울의 한복판에서 나는 아무 생각 없이 행동을 해서는 안 된다는 사실을 너구리를 통해 깨닫는다.

# 자연의 청문회

병상에서의
단상들

병

병원은 통증의 탑이다. 통증의 출발지인 신생아실에서 통증의 끝인 영안실 사이에 여러 과(科)가 있다. 병의 입장에서 보면 병원은 치열한 격전지다. 사람의 몸이나 정신과 적당히 타협하며 살기를 거부한 결과로, 병들은 병원에서 전쟁을 치러야 한다. 병들의 패배와 승리는 모두 소멸에 가 닿아 있다.

## 바퀴

정형외과 병동에는 바퀴가 많다. 휠체어, 워커(U자 모양 손잡이에 팔을 걸고 걸어 다닐 수 있게 만든 보조기), 폴대(링거를 걸고 바퀴를 밀며 다닐 수 있게 만든 보조기) 등 바퀴가 부착된 보조기가 다른 병동에 비해 많다.

휠체어에 앉아 바퀴를 돌리는 환자의 몸은 구부러져 바퀴처럼 둥그렇게 휜다. 이때 바퀴의 힘을 빌려 손은 발이 된다.

한 손을 다쳐 폴대에 링거를 걸고 환자가 이동할 때 몸 전체가 사각의 바퀴로 전환된다. 팔이 쇠파이프로 연장되어 바닥을 짚는다. 파이프로 연장된 손끝에 바퀴가 달려 손이 발의 구실도 겸하게 되는 셈이다.

달리는 차바퀴에 의해 부상당한 몸이 또 다른 바퀴를 통해 자유를 얻기도 하고, 잘 구부리기 위해 구부러지지 않게 관절을 깁스하기도 한다.

## 엘리베이터

때로는 통증의 탑에 심리적 균열이 가기도 한다.

'아이구, 똥 매려워유!'라고, 같은 말만 며칠 반복하며 말(言) 설사를 하던 할머니가 일인병실에서 죽었다. 병동에 설치되어 있는 세 개의 엘리베이터 중, 수술용 침대에 눕힌 환자나 의료기들이 주로 이송되는 노란색 문의 엘리베이터. 그 엘리베이터를 타고 할머니의 시신은 수평으로 누워 수직의 길을 내려갔다. 수군수군 사실이 알려지자, 노란색 엘리베이터를 타는 환자가 부쩍 줄었다. 그러나 어쩌랴, 죽지 않으려면 먹어야 사는 법. 노란 엘리베이터를 타고 밥차가 왔다고 해서 식판을 거절할 수 있겠는가. 음식이 싱겁다고 투덜대며 사제 김 봉투나 꺼내는 수밖에 더 있겠는가.

시신이 목적지인 지하 이층에 도착했을 때, 엘리베이터가 냈을 땡! 소리.

## 소리

뚝. 뚝. 뚝. 외발 소리 흔한 정형외과. 새벽 항생제 투여를 위해 환자 볼기짝 두드리는 소리. 혈압기의 지압용 천이 떼어지며 내는 소리, 찌지지직-. 무엇보다 크게 들리는 소리는, 소리 내지 않고 떨어지는 링거 줄 속 수액 방울 쳐다보며 듣는, 수액에 혈관 속 핏빛 옅어지는 소리.

4

## 장애인 화장실

환자들은 모두 일시적 장애인이 아닌가. 호남에는 호남향우회가 없다는데 병동에는 왜 장애인 화장실이 있는가. 어느 종교 단체를 방문했을 때다. 건물에 엘리베이터와 계단이 없었다. 층을 오르내리는 경사진 통로만 있었다. 일반 사람들이 사용하는 길을 따로 두지 않고 장애인 길을 같이 사용하자는 의도 같았다. 그렇게 되면 자연히 장애인 길도 없어진다는 깊은 뜻을 담고 있는 듯했다.

"목을 다쳤으니 목에 힘 좀 주고 다니겠는데."

"인사도 안 하고 거만하게 다니기는 하는데, 몸 아픈 환자들 앞에서라, 영, 힘주는 게 부끄럽기만 하네요."

전화를 끊고 몸무게를 달아 보았다. 바닥에 있는 저울을 읽을 수가 없었다. 목 보호대를 차 소변보고 성기를 못 내려다본 지도 두 달이나 되었다.

## 거울

창은 이상한 거울이다. 내 형상을 안 비춰 주면서도 나를 만나 보게 한다. 다른 형상을 통해 나를 보게 한다. 타임머신이 부착되어 있는지 과거의 나도 비춰 준다.

## 구멍

입(식사는 잘 했나요?)에서 항문(대변은 몇 번 보셨나요?)으로 음식물이 통과한다. 몸은 살로 된 주름 파이프에 붙어 있는 뼈와 고깃덩어리다. 음식물의 통로에 꽂혀 있는 꼬치다. 몸은 음식물로 된 줄을 통해 지구에 꿰여 있는 길쭘하고 따듯한 구술이다.

8

## 몸

'그런데 신체란, 일찍이 메를로 퐁티가 갈파했듯이 자명한 일이지만, 나한테만 귀속되어 있는 것이 아닌 외계와도 이어져 있는 양의적(兩義的)인 것이다. 인간은 신체적 존재임으로 하여 세계 내적 존재일 수가 있다. 그런 뜻에서 엄밀하게는 내 손, 내 눈이라는 말씨는 잘못된 것이며, 편의상의 언어에 지나지 않는다는 사실을 명심해야 할 일이다. 신체는 외부와 내부를 매개하며, 인간을 보다 넓게 열린 것에 눈뜨게 해준다. 의식과 신체는 상호 협동하는 일은 있어도 동일한 것은 아니다. 오히려 의식보다 훨씬 큰 세계와 걸려 있는 것이 신체이다. 신체는 외계의 일부이기도 하다.'

— 《여백의 예술》(이우환. 현대문학) 중에서

합장!

(우주의 두 끝을 모아)

9

## 문

통증을 노크하는 의사들.

와락 쏟아지는 간절함들.

# 그리운 별

강화도 길상면 장에 들렀다. 계절이 계절인지라 봄나물과 모종 들이 많이 나왔다. 흥정하고 있는 시골 아낙들 뒤에 줄을 서서, 머릿속으로 텃밭의 크기를 가늠해 보았다. 고추, 토마토, 상추, 수세미 모종 들을 샀다. 길 건너 가판대에서 챙 넓은 모자를 하나 사고 택시를 불러 탔다. 집까지 걸어서도 십오 분이면 갈 수 있지만 비닐봉투에 든 모종을 생각해서였다.

여름이 일찍 온 것 같죠?

그러게 말이시다. 여름도 한여름 아니꺄. 이거야 원, 봄이 없어졌으니 큰일 났시다.

택시 운전사 말을 들으며 둘러본 산이 온통 푸르렀다. 나무들이 조심조심 내민 연한 연둣빛 새순 사이사이에 산벚꽃이 피어나 파스텔 풍이었던 게 어저께 같은데, 벌써 산에서 제일 늦게 순을 틔우는 상수리나무마저 잎사귀가 커져 산이 온통 짙푸르다. 칠월 중순 날씨가 오월 초순에 찾아왔다고 연일 호들갑을 떨던 티브이 뉴스의 증거물처럼 산이 변해 있었다.

햇볕이 뜨거워 모종들을 바로 이식할 수 없어 저녁때까지 보일러실 그늘에 두기로 하고 집 뒤로 갔다. 개들이 그늘을 찾아 혀를 빼물고 축 늘어져 있었다. 참새 한 마리가 개장 안으로 날아와 물그릇에 앉아 물을 찍어 먹어도 만사가 귀찮은 듯 멀뚱멀뚱 쳐다만 봤다. 우리 집 개는 일 년에 털갈이를 두 번 한다. 여름이 오기 전에 가는 털로 갈고 겨울이 오기 전에 굵은 털을 촘촘히 갈아입는다. 그런데 털갈이를 시작하기도 전에 여름이 왔으니 오죽 덥겠는가. 몸을 들썩이며 가쁜 숨을 쉬는 개의 혀끝에 침이 길게 매달렸다. 턱이 빠져라 하품을 하던 개가 앞다리를 끌어 입에 물고 자근자근 씹으며 털을 훑었다. 개털 속 목마른 벼룩이 개의 더운 피를 빨고 있나 보다.

옆집 앵두꽃이 피었을 때도, 앞집 복사꽃이 피었을 때도 벌이 날아오지 않더니, 우리 집에 배꽃이 피어도 날아오지 않았다. 그래서 그런지 꽃들이 덜 화사했다. 벌이 오지 않아 수분을 할 희망도 없는데 안색이 좋을 리가 없다. 한 해 동안 열매를 맺지도 못하고 살아야 할 나무들이 애처로웠다.

꽃나무마다 가득하던 벌들 붕붕거리던 소리는 도대체 어디로 갔을까. 꽃나무에 정적이 짙어지더니, 끝내, 꽃향기마저 능동적으로 벌들을 찾아 나선 듯 날카로워진 이 현실을 어떻게 받아들여야 할까.

기억 속에 벌들은 얼마나 많았던가. 아까시나무, 밤나무, 라일락나무에 꽃이 피면 벌들의 날갯짓 소리가 넘쳐나지 않았던가. 그 날갯짓 소리가 꽃핀 나무를 통째 하늘로 들어올릴 것만 같기도 했었다. 어린 시절엔 길을 가다가도 자주 벌을 만났다. 벌에 쏘일까 두려워 그 자리에 웅크려 앉으며, 정말 벌이 뻐꾸기를 무서워할까 생각하며 '뻐꾹뻐꾹' 뻐꾸기 흉내도 냈었다. 군부대에서 아까시 꽃핀 나무를 베어 넘길 때, 나무들의 영혼처럼 일제히 빠져나가던 벌떼는 어떠했던가.

아인슈타인은 꿀벌이 사라지면 인류가 사 년 안에 멸망할 것이라고 내다보았다고 한다. 꿀벌이 사라지면, 지구에서 생산되고 있는 전체 작물의 삼분의 일인 충매로 수분을 하는 작물의 팔십 퍼센트가 사라진다고 한다. 많은 식물들이 열매를 맺지 못하면 초식동물도 사라지고 초식동물을 먹고 사는 동물들도 사라지게 될 것은 불을 보듯 뻔하다. 꿀벌이 사라지고 있는 원인으로 지구의 온난화 현상, 사람들이 사용하는 무선 장비들이 발생하는 전자파, 정체불명의 바이러스, 유전자 조작 식물 등 여러 가설들이 나왔고 일부는 부분적으로 증명되고도 있다. 우리 인류의 욕심 때문에 벌에게 벌받을 시기가 참말로 눈앞에 닥쳐온 것은 아닐까.

우리가 무엇인가를 얻기 위해 잃은 것들은 얼마나 많을까. 한겨울에 죽어 가는 아버지를 위해 눈밭 속에서 딸기를 구해 와 효자가 되던 시절에서 우리는 얼마나 멀리 와 있는 것일까. 지금이야 무엇이든 계절을 초월해 보관할 수 있는 냉장고가 지천에 널려 있으니 말이다.

고추와 상추 모종을 심으며, 쓸데없이 바쁘게 살아 나도 몰래 더워지는 눈빛을 가끔 석양에 식히며 살아가야겠다는 마음이 들었다. 다음부터는 곡식 하나를 심어도 비닐하우스에서 계절을 앞당기며 자란 모종이 아닌, 씨앗을 땅에 심어야겠다는 결심도 섰다. 모종 심은 텃밭에 물을 뿌리고 나서 오래전에 썼던 시 한 편을 펼쳐 보았다.

## 농약상회에서

치마 아욱

마니따 고추

장한 열무

제초대첩 제초제

부메랑 살충제

아리랑 쥐약

먹을 것 생산해 줄 씨앗들과

먹을 것 먹어 치우는 것들 죽일 약들

극명하게 갈라놓았다

향기롭던 음식도 먹을 수 없게 되면

역한 냄새로 판별하는 내 감각

반성해 보다

슈퍼 옥수수

슈퍼 콩

슈퍼 소

꼭 그리해야 사람들이 살아갈 수 있다면

차라리

사람들이 작아지는 방법을 연구해 보면 어떨까

앙증맞을 집, 인공의 날개, 꼬막 밥그릇

나뭇가지 위에서의 잠, 하늘에서의 사랑

무엇보다도 풀, 새, 물고기들에게도 겸손해질 수 있겠지

계산대 앞에서

푸른빛 쏟아질 듯

흔들리는 아욱 씨앗 소리

# 스프링클러

찔레꽃 필 때는 비가 오지 않는다고 하더니, 정말 비가 오지 않았다. 기상청 예보로는 전국적으로 소나기가 온다고 했는데 날씨만 좋았다. 요즘은 날씨가 너무 좋아 탈이다.

일주일 전, 동네 형 차를 탔다. 동네 형은 논에 물을 대려고 백 메타짜리 비닐 호스 다섯 타래를 샀다. 농로를 달리며 저수지에 물이 말라 들어가 걱정이라고 했다. 물을 미리 받아 놓은 아래 다랑이논에서 위 다랑이논까지 물 호스 까는 작업을 해야 한다고 했다. 먼저 펌프를 설치하고 작동시켜 보았다. 다음으로 펌프 출구에 호스를 끼우고 타이어를 쪼개 만든 고무줄로 찡찡 감아 묶었다. 동네 형은 말라붙은 물도랑으로 호스가 꼬이지 않게 조심조심 펼쳐 나갔다. 한 타래를 다 펼쳐 놓고 출발점으로 다시 돌아왔다. 자신은 호스에 물이 차 나가는 것 보며 따라가야 하니까, 전봇대에 설치되어 있는 펌프 전원 스위치를 올리라고 하면 올리고 내리라고 하면 즉시 내리라고 했다. 무슨 폭발물이라도 설치하듯 나는 바싹 긴장해 스위치에서 손을 떼지 않고 그의 지시를 따랐다. 호스 한 타래 펼쳐 놓기가 끝나면 호스에 플라스틱 파이프 토막을 박고 다시 호스를 연결해 나갔다. 세 타래부터는 목소리가 잘 들리지 않아, 스위치 끄는 동작이 늦어지자 동네 형의 손짓이 커졌다. 가뭄이 든 들판을 가로지르며, 허리를 구부린 채 붉은 호스를 정맥처럼 끌고 가는 농부의 모습이 가물가물 멀어졌다. '농부들의 모든 일의 시작은 흙을 향해 허리를 굽히는 것이다.'라고 언제가 썼던 내 글귀를 되뇌어 보았다.

"논으로 물 대는 물꼬 싸움에 살인난다고 했지 않았어요?"

"응, 물꼬 싸움을 해야 그때서야 비가 온다고도 했지."

"가뭄에 바다도 영향을 받지요?"

"아무래도 염도 낮은 물 좋아하는 고기나 새우는 덜 잡히지."

일을 마치고 돌아오다 병어잡이 나갈 준비를 하는 뱃사람 집에 들러 말린 꽃새우 안주에 막걸리를 한잔했다.

"그나마 저수지도 없어 관정을 뚫고 농사지을 때는 말이야, 가뭄이 들어 이천 평 논에서 쌀 한 가마니밖에 추수하지 못한 적도 있어. 아주 더 가물 때는 벼가 다 쭉정이라 베지 못한 적도 있었고."

"뻘을 간척해 만든 논이라 가물어 염기가 땅에서 올라와 논이 허옇게 된 적도 있었다니까."

이런저런 이야기를 하는 동안 산에서 뻐꾸기의 울음소리가 들려왔는데 그 울음소리도 파삭파삭 건조했다.

다음날은 스프링클러를 고구마 밭에 설치한다고 해 따라가 보았다. 밭두렁에 심겨져 있는 고구마 싹들이 말라비틀어져 있었다. 이제나저제나 애타게 비가 오기를 기다리다 할 수 없이 스프링클러를 사 왔다고 했다. 밭에 들어서자 먼지가 분가루처럼 폭삭폭삭 날아올랐다. 도로 밑 복개된 물도랑으로 호스를 힘들게 통과시켜 스프링클러를 연결했다. 스프링클러는 물줄기를 세 가닥으로 내뿜으며 돌아갔다. 물줄기를 내뿜는 거리가 셋 다 달라 물이 골고루 뿌려졌다. 물을 맞고 흙먼지를 피워 올리던 밭고랑이 서서히 젖으며 둥글게 원을 그렸다. 누가 알랴, 가뭄에 목말라하던 곡식들이 물을 빨아들이며 푸르게 생기 되찾는 것 바라보는 농부의 마음을. 잘됐어! 하며 박수치는 농부의 얼굴에 안도의 마음이 촉촉이 번졌다.

그제는 모를 낸다고 해 논에 나가 보았다. 이앙기가 녹색 줄을 그으며 오갔다. 어디서 날아왔는지 백로 한 마리가 긴 목을 연신 주억거리며 녹색 줄 친 노트에 무엇인가를 쓰고 있었다.

'이웃 동네 이장은 가뭄이 오래 갈 것 같아, 비료를 주면 염기 피해가 배가 될 것 같아, 밑거름 비료를 주지 않았다는데……'

걱정하며 농부는 논을 바라다보았다. 논에 심고 있는 벼 포기마다 농부의 근심도 함께 심겨졌다.

"이렇게 이천 평, 열 마지기 농사를 지으면 수익이 얼마나 되나요?"

"기계 삯 주고 나면 잘 돼야 사오백만 원 될라나."

물을 댈 일이 걱정은 되지만 농사짓는 일 중에 제일 큰 일인 모내기를 마쳤다고 한턱내는 막걸리를 마셨다. 술을 마시며 우리나라 곡물 자급률 이십오 퍼센트를 걱정하고, 지구온난화에 따른 기상이변과 식량 식민지화를 걱정했다. 이러다가 큰 흉년이 들어 엄청난 기근이 찾아온다면 어찌할까, 앞바다에 조력발전소가 들어서면 어떤 영향이 있을까, 식량난을 겪고 있는 북한의 가뭄 등도 화제가 되었다.

술을 마시다가 생각난 듯 동네 형은 스프링클러 노줄 뭉치를 가져와 고쳐 보려고 이리저리 살폈다. 밭에 부유물이 많이 섞인 논물을 주다 보니 스프링클러가 자주 고장 나, 벌써 두 개를 새로 교체했다고 했다. 노즐 뭉치에 기름칠하는 것을 보자 한 생각이 머리를 쳤다.

가뭄, 폭우, 폭설 이 모든 것이 지구의, 자연의 스프링클러가 고장나 나타나는 현상 아닌가. 지구의 스프링클러를 고장낸 것도 지구인이고 고칠 이도 지구인이다. 지구인들이 각성하지도, 자연과 더불어 살아갈 생각도 하지 않는다면, 우주의 스프링클러는 영원히 고장나고 말 것이다. 그때는 이 지구에 비도, 눈도, 별빛도, 구름도, 뿌려지지 않으리라.

# 기러기와 시

산이 난다

큰 새들의 날개는 산을 닮았다

기러기가 날아올 때 선(線)으로 된 산도 함께 날아온다

갈매기가 머리 위를 지날 때 면(面)으로 된 산도 지난다

산이 운다

울며 날아가는 산(山)아!

사람들이 서로 껴안을 때

사람들의 팔도 산 모양인 것 너희들도 보았느냐

강화도 하늘엔 기러기들이 자주 난다. 간척지 논이 넓고 수로에 갈대숲이 발달해서 그런 것 같다. 길을 가다가 기러기 떼가 새까맣게 내려앉은 논들을 흔히 볼 수 있다. 할 수 없이 기러기 떼가 내려앉아 있는 논 곁을 지날 때면, 기러기들이 날아오를까 봐 미안한 마음에 조심조심 걷게 된다. 그래도 기러기들은 민감하여 대부분 날아오른다. 기러기 떼가 날아오를 때 논바닥이 하늘로 들려 올라가는 것 같기도 하고, 산 하나가 불쑥 솟아오르는 것 같기도 하다. 새액-색액-색-애, 기러기 날개 소리와 울음소리가 쏟아져 내린다. 일개의 조그만 인간 하나가 저 많은 새들의 삶에 간여하다니, 간여되다니!

"봐, 하필 자네가 추수한 논으로 또 내려앉네. 자네 벼 베는 콤바인 기술이 서툰 건가, 아니면 자네의 기러기 사랑하는 마음이 깊은 건가?"

"형님, 왜 이러시꺄!"

동행인이 있을 때는 기러기를 날린 미안한 마음에 농담도 던져 보았다. 석양에 물든 하늘에 기러기 떼가 노숙한 어부가 던진 거대한 그물처럼 펴질 때, 모든 시름을 접고 거기 걸려 올라가고 싶기도 했다.

기러기들을 보며 두 편의 시를 썼다. 한 편은 〈최제우〉인데,

하늘에서 나무대문 열리는 소리가 난다

어디로 가는가 기러기 떼

八자 대형으로,

人자 대형으로

동학군의 혼령인 듯,

하늘과 땅 사이에 사람 인 자 쓰며

人乃天

하늘을 自習하며 날아가는

기러기

저리 살아 우는 글자가 어디 또 있으랴

목을 턱 내밀고 날아가는 모습이 서늘하다

라는 시다. 이 시를 쓰고 몇 년이 지난 후 〈첫눈〉이라는 시도 썼다.

첫눈

오려나

날 흐리다

감나무들

밝았던 등불 끄고

참새 소리

처마 밑에 난다

첫눈

내려

흔들리던

나뭇가지 바라다보는

낙엽들 덮어 주려나

살아온 길 뒤돌아보게

발자국 찍어 주려나

이 글자

저 글자

구름 열려는지

기러기들

눈나라

암호 풀며 난다

이 두 편을 쓴 후 기러기에 대한 시가 영 써지지 않았다. 어느 날 나는 기러기에 대한 시가 더 이상 써지지 않는 이유를 깨달았다. 그렇다! 나는 기러기를 볼 때 항상 그 수에, 떼에 압도되어 기러기 한 마리를 따로 떼어놓고 볼 생각을 못 했었구나 하는 생각이 왔다. 그 생각이 밑거름이 되어 쓴 시가 〈산이 난다〉란 시다.

나는 또 기러기들을 어떻게 새롭게 만나, 기러기들이 들려주는 말을 풍요롭게 들을 수 있을까, 즐거운 고민에 빠진 강화의 깊은 겨울이다.

# 들국화 부케

친구가 결혼을 한다고 했다. 장소는 살고 있는 해발 팔백 미터 산속 집이라고 했다. 그렇지 않아도 나이 들어 하는 결혼이라 쓸쓸할 텐데, 산속에서 결혼을 한다고 해 더 마음이 쓰였다. 일찍 집을 나서 서울로 올라가, 선배 시인 딸 결혼식에 잠깐 참석하고 원주로 향했다. 출판사를 시작한 후배 차를 타고 가며, 출판시장에 대한 얘기와 내가 하고 있는 인삼 장사 얘기를 나누었다. 얘기는 작은 출판사나 영세 삼 장사나 다 힘든 상황으로 치달았다. 길가 야산은 벚나무 단풍이 들어 울긋불긋했다. 주말인데도 차량이 많지 않아 고속도로가 뻥 뚫렸다. 시원하게 차가 빠지자 후배는 좋지 않은 경기 덕을 우리가 톡톡히 보고 있다고 우스갯소리를 했다.

고속도로를 내려선 차는 원주 시내를 지나 치악산 금대계곡으로 접어들었다. 공원 관리소에 목적지를 말하자 차를 통과시켜 주었다. 구불텅구불텅한 산길로 차는 달렸다. 몇 년 전에 왔을 때는 없던 새 다리도 놓이고 폭도 넓어지고 길이 한결 좋아졌다.

몸이 많이 안 좋을 때였다. 후배들이 나를 차에 막무가내로 태우고 갈 곳이 있다고 말하며 이곳으로 데려왔다. 그냥 혼자 살다가는 큰일 난다며 독한 음식 없는 곳에서 한 달 정도 몸을 추스르고 나오라고 했다. 나는 한 열흘을 머물렀다. 친구는 산속에서는 이게 영양식이라며 냉동실에 얼려 놓았던 돼지 족발을 푹 고아서 주기도 하고 말려 놓았던 산약초를 달여 주기도 했다. 산의 침묵을 듣고 지게로 나무를 져 나르고 계곡 얼음물로 오장육부를 씻어 내며 한 열흘 보내자 몸이 몰라보게 가벼워져 하산했었다.

길가 나무에 띄엄띄엄 시화가 걸려 있고 등산객들이 걸음을 멈추고 시를 읽었다. 아마 이 고장 시인들이 시화전을 열고 있는 듯했다. 낙하하는 낙엽, 산 구릉을 잇는 새소리, 계곡을 점자로 읽어 내리는 물소리, 이처럼 사색 깊은 것들을 배경 삼아 시화전을 열다니. 시화가 배경에 압도되기 십상이어서 걱정이 되었다. 암자로 올라가는 일차선 길가에 차가 힘들게 자리를 잡고 멈춰 섰다.

차에서 내려 찻길을 버리고 사십 분 동안 산길을 더듬으며 걸어서 올라가야 했다. 하객들이 많이 왔는가 물어보고 싶었으나, 목적지인 친구의 집에서는 휴대전화가 잘 안 터진다는 후배의 말에, 전화기를 접고 돌다리를 조심조심 건넜다. 길가에 알밤들이 떨어져 있었다. 나는 잠시 숨을 고르며 바람에 흔들리는 따가운 밤송이를 품고도 맑기만 한 가을 하늘을 보았다.

“한식에 나무 심으러 가자 / 무슨 나무 심을래 / 십 리 절반 오리나무 / 열의 갑절 스무나무 / 대낮에도 밤나무 / 방귀 뀌어 뽕나무 / 오자마자 가래나무 / 깔고 앉아 구기자나무 / 거짓 없어 참나무 / 그렇다고 치자나무 / 칼로 베어 피나무 / 네 편 내 편 양편나무 / 입 맞추어 쪽나무 / 너하구 나하구 살구나무 / 이 나무 저 나무 내 밭두렁에 내 나무…….”

며칠 전, ‘광고의 나라’라는, 광고 카피로 하루를 시작해 하루를 마감하는 전에 써 보았던 시풍을 빌려, 식물들의 이름과 이미지로 하루를 건강하게 살아 내는 시를 써 보자는 발상을 했었다. 그러면서 어떻게 하면 나무타령을 피해 갈 수 있을까 걱정하며 잊고 있던 나무타령을 찾아보았다.

돌다리를 다시 건너고 숲길로 걸음을 옮겼다. 산속 결혼식이라고 하객을 걱정할 필요는 없지 않을까. 이렇게 아름답고 풍요로운 자연이 다 하객들 아닌가 하는 생각을 하며 나는 나무타령을 자연타령으로 바꿔 산골 결혼식을 그려 보기 시작했다.

폐백은 다람쥐나 청설모가 맡고, 경비에는 엄나무, 경호에는 화살나무, 식수 담당은 물에 대한 아픔이 있는 고로쇠나무가 하고, 술 담당은 절대 자작나무 시키지 말고 소태나무한테 일임하고, 바텐더는 잔대가 맡고, 음악은 국악으로 가서 꽹과리는 치자나무, 피리는 버드나무, 북은 북나무, 스피커는 꽝꽝나무, 노래는 오소리가 제격. 사회는 주목나무가 좋겠고, 식권 담당 이팝나무, 축의금 접수는 은행나무, 화촉은 산초나무, 화장실 안내는 뽕나무 쥐똥나무 다 사양하고 싸리나무로 가라. 신부 화장은 분나무, 조명은 반딧불, 박수는 손바닥 붉을 때까지 단풍나무가…… 주례는 누가 맡으면 될까 고심해도 끝내 떠오르지 않았다.

산속 결혼식 하객들은 의외로 많았다. 집 입구에 누구누구의 두 번째 합궁을 축하한다는 현수막을 건 아랫동네 사람들도 있었고 신부 친구 화가들과 신랑 친구 시인들 도합, 삼십여 명은 되어 보였다. 들국화 부케를 든 신부는 예뻤고 백발에 청바지를 입은 신랑은 순수했다. 주례는 격식을 차리지 않았고 임시로 건 가마솥에서는 소머리가 삶아지고 있었다. 가끔 양철 지붕 위로 밤톨이 떨어져 좌중의 시선을 집중시키기도 했다. 풍광 좋은 곳을 보기 위한 정자도 있지만 풍광을 완성하기 위한 정자도 있는 법. 그날 산속의 결혼식은 결코 산속의 정취를 흩트려 놓지 않았다.

어둠 속, 갔던 길을 되내려오며 나는 대선을 앞둔 현 정세를 자연의 이름과 연결시켜 보려 했다. 그러나, '햇볕정책, 안개정국, 안개정국……' 잘 되지 않았다. 모든 것이 자연의 이름으로 자유롭게 연결되는 세상이 오기를 기원해 보았다.

# 나비

'나비하사'가 쓸데가 없는 나비 말고 멋지게 생긴 호랑나비를 잡아오라고 했다. 비닐봉지를 군복 바지 주머니에 챙겨 넣고 철책을 따라 걸었다. 나비는커녕 나방도 눈에 띄지 않았다. 개똥도 약에 쓰려면 없다더니, 평소에는 잘도 날아다니던 나비들이 도통 보이지 않았다. 산마루를 하나 넘어 나무로 만든 순찰로 계단 길을 터벅터벅 내려섰다. 등에서 땀이 났다. 수통을 열고 미적지근한 물을 한 모금 마셨다.

그해, 흰나비를 먼저 보면 어머니가 죽는다는데, 무슨 색 나비를 먼저 보았었지. 생각하며, 산골짜기를 반쯤 내려섰을 때다. 골짜기 계곡물 근처에서 무엇인가가 움직이고 있었다. 잔뜩 긴장되어 계단을 헛디뎠다. 이등병 계급장이 붙은 군모를 벗어 한 손에 집어 들었다. 산제비나비 한 마리가 내려앉았다 떴다 반복하며 수면을 차고 있었다. 나비는 물에 비친 제 모습을 상대로 알고 공격하는 듯도 했고, 제 모습을 움직이고 있는 꽃으로 착각하고 내려앉으려는 듯도 했다. 계곡물은 식수를 뜨려고 작은 돌로 막아 놓아 맑고 잔잔했다.

어떻게 덮칠 것인가. 나비 동태를 살폈다. 나비가 물가 돌에 앉아 날개를 쉬면 제일 좋을 텐데. 물위에서 모자를 씌워 잡으면 안 될까. 물결에 날개가 찢어지면 허사다. 나비가 어딘가 앉기를 기다리는 수밖에 없다.

'동작 그만. 뒤로 취침.' 딱, 그렇게 명령을 내렸으면 좋겠는데, 나비가 육군도 아니고, 내 졸병도 아니고, 나비는 나비라 어쩔 수 없었다. 모자로 안 되면 군복 윗도리로 덮쳐야 한다. 윗도리를 조심스럽게 벗었다. 목에 건 인식표가 햇살을 튕겼다. 인식표를 벗어 바지 주머니에 넣었다.

내가 내려온 쪽 계단에서 군홧발 소리가 들렸다. 닷 되들이 물주전자를 든 동기생 두 명의 발소리였다. 나는 손가락을 입에 갖다 대며 조용히 하라고 신호를 보냈다. 멈칫하던 동기생들이 그냥 빨리 덮치라고 손말을 하며 내게로 다가왔다. 나는 물을 낮게 차며 날고 있는 산제비나비를 향해 살금살금 다가갔다. 나비 가루(분)가 눈에 들어가면 눈이 먼다는 말을 상기하며, 군모를 들어 덮치려는 순간 나비가 날아갔다. 물에 내 그림자가 먼저 다가가 나비가 눈치 챈 것 같다. 나비는 주위 나무가 벌목된 순찰로를 따라 내가 내려온 반대쪽 산으로 천천히 날아갔다. 긴장되었던 가슴을 쓸어내리며 나비를 좇아 계단을 올랐다.

'파이팅– 끝까지 따라가 봐!'

뚜껑으로 주전자를 두드리며 동료들이 소리쳤다. 나비 열심히 따라다니고 있다고 나비하사에게 얘기해 준다는 말도 이어 들렸다.

어렸을 때 티브이에서 본 〈수사반장〉이란 수사극 중 인상이 깊었던 '대만산 호랑나비'가 떠올랐다.

포충망을 든 나비 채집가가 산속을 누빈다. 깜짝 놀라 멈춰선 나비 채집가가 외친다. '대만산 호랑나비다!' 그날 자신이 찾던 희귀종 나비라고 떨리는 음성으로 독백한다. 허겁지겁 나비를 쫓는다. 나비를 잡을 뻔하다 놓친다. 그는 더 흥분한 상태에서 나비를 쫓는다. 그와 나비와의 거리가 점점 멀어진다. 나비를 놓치고 만다. 그는 절망하지 않고 산속을 헤맨다. 그러다가 그는 거의 체념 단계에 이른다. 그때 대만산 호랑나비가 그 앞에 나타난다. 그는 다시는 놓치지 않겠다는 표정으로 나비에게 다가간다. 그는 양손으로 나비를 꼭 움켜진다.

산속에서 한 사내의 시신이 발견된다. 사내의 팔뚝에는 나비 문신이 새겨져 있다. 수사 결과, 나비 채집가가 나비를 놓쳐 버린 허탈한 상태에서, 환각을 일으켜 나비 문신 새긴 사내를 나비로 착각해 죽였다는 결론이 난다.

나비 동동 파리 동동 앉을 자리 앉아라
멀리 멀리 가면은 똥물 먹고 죽는다

어려서 잠자리 잡을 때 부르던 노래를, 잠자리를 나비로만 바꿔 부르며 나비를 쫓았다. 노래에 효험이 있었던 것일까. 나비가 산봉우리에서 철책 밖으로 크게 원을 그리며 선회하더니, 나풀나풀 온 길을 되돌아 계곡물 쪽으로 다시 내려섰다.

이십사 세. 나는 다니던 직장을 때려치우고 단기사병(방위)을 받기 위해 낙향했다. 내가 배치 받은 부대는 현역 반, 단기사병 반인 부대였다. 나는 새로 창설되는 경비중대에 출근하게 되었다. 중대의 경비 구역은 넓었다. 외곽을 걸어서 한 바퀴 도는 데 네 시간이나 걸렸다. 창설중대라 매일 사역을 나갔다. 철책을 치고 나무를 베고 순찰로를 만드는 게 일과였다. 작업 순서가 잘못되어 철책을 먼저 치는 바람에 곱으로 힘들었다. 베어 낸

나무를 끌어내리기만 하면 될 것을, 철책을 먼저 쳐 놓아 철책 바깥에 있는 나무들은 산비탈 위로 끌어올려야 했다. 매일 코피를 흘렸고 삼 개월 사역 결과 십 킬로그램이나 살이 빠졌다. 같은 일을 반복하는 게 무료했던지, 어느 날 하사가 나비를 보면 잡아오라고 했다. 나비를 잡아가면 하사는 군인수첩 갈피에서 면도칼을 꺼냈다. 면도칼로 나비 배를 가르고 내장을 꺼낸 다음 군인수첩으로 눌러 놓았다가 나비가 건조되면 문방구에 가 비닐 코팅을 했다. 그가 나비를 좋아해 병들은 그를 '나비하사'라 불렀다.

나는 원거리 출근자—집이 멀고 교통편이 없어 아홉 시까지 출근하는 단기사병—라 사역장에 늦게 도착했다. 그러면 이미 병들은 그날 할일을 다 배정 받은 뒤라, 전체 통솔자인 하사가 그때마다 상황에 따라 일을 시켰다.

하사 중에는 나비하사 말고 온달하사도 있었다. 온달하사는 유순했다. 온달하사가 사역 외에 내게 시킨 일은 산도라지 캐기와 부대 안에서 농사를 짓는 농민을 찾아가 풋고추를 얻어 오는 일이었다. 온달하사는 점심시간에 도라지와 풋고추를 병들과 나누어 먹었다. 고추장에 찍어 먹는 날 도라지는 맛이 아렸지만 별미였다. 온달하사는 사적인 용무로 일을 시키지 않았다.

병들은 나비하사를 무서워했고 온달하사를 좋아했다.

계곡 물가에서 산제비나비를 잡았다. 물가에서 기다리고 있으니까 물먹으러 새도 날아오고 나비도 날아왔다. 새 중에 어떤 새는 날개로 물을 몸에 끼얹으며 목욕을 하고 가기도 했다. 점심시간이 되어 잡은 나비를 들고 사역장으로 갔다. 나비하사는 날개가 훼손된 나비 한 마리는 날려보내고 한 마리를 손질해 수첩에 넣었다.

양배추 된장국, 깍두기, 소시지볶음 등 평범한 반찬이지만 산으로 추진해 먹는 밥은 맛있었다. 모자 벗고 윗도리도 벗고–계급장은 다 벗고–나비하사, 온달하사, 고참, 졸병, 현역, 방위를 떠나 밥을 먹는 순간은 평화로웠다.

밥을 먹다가, 노랑나비 한 마리가 내 군모 계급장에 내려앉는 것을 보았다. 나비는 노란 작대기 한 개, 이등병 계급장에 내려앉아 날개를 까닥이며 쉬고 있었다. 노란 작대기를 꽃잎으로 착각한 것이었을까. 아니면 모자에 밴 염분을 빨아먹으러 온 것이었을까.

노란 나비는 V자 날갯짓을 하며, 날개를 펴 작대기 하나를 보태 일병으로 진급을 시켰다가, 날개를 들어 올리며 V자를 보태, 농담처럼 하사로 진급시켜 주기를 반복했다.

식후 삼십여 분간의 휴식은 평온했다. 둘씩 짝이 되어 머리를 맞대고 누워, 상대의 어깨를 베개 삼아 잠을 자는 오침은 달았다. 더러는 코를 골기도 했다. 나는 일렬로 벗어 놓은 중대원들의 군모 계급장이 나비가 되어 날아가는 꿈을 꿨다.

# 맨발로 황톳길을 걸어 보며

대전 계족산을 다녀왔다. 계족산 황톳길은 총 십사 킬로미터다. 강화에서 서울까지 시멘트 길은 고무 타이어 바퀴를 타고 가고, 다시 서울서 대전까지 철로 된 길은 빠른 쇠바퀴를 타고 갔다. 이어 지인의 자동차를 타고 계족산 들목까지 가 바퀴를 벗었다. 그제야 황톳길을 만나 내 몸을 담고 다니던 신발에서 내려섰다. 바짓가랑이를 걷고 양말도 벗었다.

맨발. 흙을 밟으며 괜히 설레고 쑥스러워졌다. 집에서는 늘 맨발로 생활하면서도 별 생각이 들지 않았는데 길에서는 달랐다. 숫기가 없는 사내애처럼 발이 수줍음을 타며 허공에서 멈칫거렸다. 평소와 달리, 길의 맨살을 맨살로 만나자, 발이 길을 낯설어 해서 그런 것 같았다. 또 길은 늘 맨살이었고 나만 늘 신발은 신은 채였구나, 하는 작은 깨달음 뒤에 오는 미안한 마음의 영향도 있는 듯했다. 엄밀히 생각해 보면 길도 늘 맨살이었다고 볼 수는 없다. 대부분 길은 시멘트를 입고 있었고, 그런 길을 나는 신을 신고 만났던 것 아닌가. 길은 시멘트를 벗고 나는 신발을 벗고 맨살 대 맨살로 우리는 서로를 조심스럽게 느끼며 통성명을 나누었다.

"맨발로 들길, 산길, 냇가를 뛰어다녔던 어린 시절이 새록새록 떠오르네요. 고무신에 땀이 나면 미끄러워 그냥 맨발로 다니는 게 더 편하기도 했지요. 그 당시는 신발을 신은 것보다 맨발로 다니는 게 더 익숙했으니까요. 발이 내딛을 수 있는 곳들을 기억하고 있어 다칠 염려도 없었고요. 또 신발을 아끼려고 일부러 맨발로 다니기도 했었지요. 장마 뒤 불어난 물을 건너가다 신발을 놓쳐, 떠내려가는 신발을 찾으려다가 죽은 친구가 있다는 이야기도 들었지요. 시신을 찾고 보니까 고무신을 찾아 손에 움켜쥐고 죽었다는 이야기였죠. 세월이 참 빠르게도 흘러, 그때와 달리 현대인들의 발은 대부분 신발 속에 갇혀 삽니다. 그동안 답답했을 발이 황톳길을 만나, 그동안 참았던 숨을 토하는 것인지, 안도의 숨을 쉬는 것인지는 모르겠지만 이제야 제대로 숨을 쉬는 것 같네요."

학습 독서 공동체 '백북스'가 개최한 계족산 북콘서트 시 낭송에 참가한 나는 잠시 지역신문 기자와 황톳길 위에서 맨발로 길을 걷는 소감에 대해 인터뷰를 했다. 길이 초입부터 시원한 나무 그늘길이라 여름에도 걷기 좋은 길이라는 기자의 말을 듣고 있을 때, 맑은 하늘에서 소나기가 쏟아졌다. 신발을 보관할 수 있는 신발장, 발 세척장, 발을 말릴 수 있는 에어 컴프레서가 설치되어 있는 곳을 지나자, 길은 완만한 경사로 내 발을 읽기 시작했다.

바닷가에 살아 갯벌을 맨발로 걸어 보기는 했으나 산길을 맨발로 올라 보기는 정말 오랜 만이었다. 소나기에 젖은 황톳길이 미끄러움으로 몸을 흔들어 주며 잊고 살았던 몸의 균형감각을 일깨워 줬다. 시간이 남아 산속으로 올라온 피아노가 있고 연미복을 입은 성악가들이 공연 준비를 하고 있는 무대를 지나쳐 계속 길을 올랐다. 길가 나무에는 사람 발자국 형상의 설치물들이 나무를 오르고 있기도 했다. 나를 비껴가며 맨발로 산을 오르고 내려오는 사람들은 마치 무슨 경건한 의식을 치루고 있는 것처럼 진지하고 평화로워 보였다.

"부활절에 새 신발을 맞추어 드렸습니다. 도화지 위에 한센인의 발을 올려놓고 연필로 그어서 발 모양들을 떴는데, 발가락이 없거나 뒤틀려 있어 감자 모양, 계란 모양, 가지 모양 등등의 해괴망측한 발들을 처음으로 보고 마음이 아팠던 기억도 있습니다. 착화식 날 생전 처음으로 신어 보는 신발을 신고 덩실덩실 춤을 추고 박수치며 노래하던 한센인의 환한 얼굴들은 영원히 잊지 못할 것이라 생각됩니다."

남수단 톤즈에서 한센인들과 함께 생활하던 이태석 신부가, 통증을 못 느끼는 그들이 맨발로 생활하다가 발을 쉽게 다쳐 살이 썩어 들어가는 것을 보고, 그들에게 신발을 맞춰 줬다는 글이 떠올랐다. 《울지 마 톤즈, 그 후 선물》이라는 책에는 한센인들의 발을 대고 그린 그림을 찍어 놓은 사진이 있다. 나는 그 사진을 통해 세상에서 가장 슬프고 아름다운 그림 하나를 만났다. 어찌 그 그림이 단선이고 단색이랴. 그 그림을 그리며 이태석 신부의 마음엔 만감이 교차했을 것이다.

고라니가, 산새가, 소나기가, 진달래 꽃잎이 맨발로 지났을 황톳길을 걸었다. 흙에 박혀 흙으로 돌아가고 있는 낙엽에 내 삶을 달아 보며 걸었다. 내 발의 감각이 살아나 흙에 내려앉은 나무들 그림자의 감촉, 나무 그림자마다 다 다르게 느낄 수 있는 날이 올 수 있었으면, 희망하며 걸었다.

한 독지가가 있어, 피아노를 산으로 끌어올리고, 시멘트 길에 황토를 깔아 놓아, 그동안 사람들과 맨살의 대화를 나누고 싶었을 길을 만나 보았다. 길 위에 황토를 깔아 놓은 사람의 마음도, 톤즈의 한센인 발에 신발을 선물했던 이태석 신부님의 마음처럼 아름답고 깊다는 생각이 들었다. 마음에 '문명의 신발'을 너무 오래 신고 살아, 마음이 다치는 것도 모르고 살고 있는 우리들에게, 마음이 신고 있는 신발을 한번 벗어 보라고, 저리 붉은 황톳길을 깔아 놓았으니.

# 눈은 생명의 단추다

"차!"

"아이, 깜짝이야. 놀라서 오히려 사고 날 뻔했잖아."

"정말 위험했었는데……."

"이 사람, 또, 자넨 가만히 있는 게 도와주는 거여."

"제가 조수석 무사고 이십칠 년이거든요. 조수석 그린면허라고요. 내비게이션이 지난번에 말했다고 해서 다시 말 안 하는 것 봤어요. 내비도 나침반이나 컴퓨터처럼 고지식해 했던 말 또 반복하잖아요. 저를 인간 내비로 봐주세요."

한쪽 눈을 다친 후 원근감을 잃었다. 기름통에 기름을 따르며 금방이라도 기름이 넘칠 것 같아 몇 번 밸브를 다급하게 잠그기도 했고, 배를 타고 포구로 돌아와 방파제로 뛰어내리며 갑판과 방파제 사이의 거리를 실제보다 멀게 착각해 손바닥이 얼얼하도록 방파제를 내리치기도 했다. 또 차를 타고 가다 보면, 금방이라도 앞 차나 반대 차선 차와 충돌하는 것 같아, 온몸에 소름이 돋기도 했다.

어느 해 여름. 나는 손을 움직일 수 없는 상황에서 얼굴에 물줄기를 맞았다. 눈을 힘껏 감았지만 물줄기가 눈꺼풀을 헤집고 눈동자를 때렸다. 한쪽 눈이 보이지 않았다. 다음날도 눈이 보이지 않아 읍내 안과병원에 갔다. 부어오른 망막에 점이 생겼다고 했다. 두 달 정도 병원을 다녔지만 차도가 없었다. 그러자 읍내 병원에서 큰 병원으로 가 보라고 했다. 서울 눈 전문 병원에 가 검사를 하고 한 달 치의 약을 타 왔다. 약을 먹어도 이렇다 할 변화가 없었다. 한쪽 눈이 비정상이니까 생활이 여간 불편한 게 아니었다. 횡단보도를 건너며 차를 못 봐 사고가 날 뻔한 적도 있었다. 또 책을 오래 읽을 수도 없었다. 책을 읽다가 보면 윗줄이나 아랫줄로 시선이 옮겨가며 행을 놓치곤 했다. 병원비도 많이 나오고 정상이 될 확률도 낮다고 해, 어리석게도 눈 치료하기를 포기했었다.

앗, 보인다.

정상인 눈을 손바닥으로 가리고 다친 눈으로 건너편 아파트를 무심히 쳐다보는데 공사 현장에 써 놓은 대형 글씨가 희미하게 들어오는 거였다. 눈이 보인다는 사실에 놀라 버스 안에서 나도 모르게 소리를 지르고 말았다. 나는 보인다는 사실을 의심하며 눈을 감았다가 다시 떠보았다. 분명 찌그러진 글씨가 보였다. 어떻게 눈이 갑자기 보이기 시작한 걸까? 근간 먹은 음식 중에 약이 된 음식이 있었던 건 아닐까. 낙지가 떠올랐다. 낙지 먹물이 눈에 좋다는 말을 들었던 기억도 떠올랐다. 그 일이 있은 후 나는 갯벌에 나가 열심히 낙지를 잡았다. 장기간 낙지를 먹은 효과인지 아니면 병원 치료를 받은 효과가 뒤늦게 나타난 것인지 눈이 조금씩 좋아졌다. 눈, 코, 입은 보이지 않았지만 가까이 있는 사람 얼굴 윤곽이 보이기 시작했다.

십여 년의 세월이 지난 지금도 다친 눈만으로는 책의 글씨를 읽지 못한다. 그렇지만 두 눈으로 책을 읽으면 글의 행도 헷갈리지 않고 해서, 이제 글을 읽는 데 별 어려움이 없다. 두 눈이 신기하게도 서로 적응하며 나름대로의 조화로운 타협점을 찾아낸 것 같다.

나는 한쪽 눈의 시력을 거의 잃고 나서야 눈의 소중함을 깨달았다. 눈이 없었다면 나는 세상의 모든 색깔들을 만나지 못했을 것이다. 색깔이 무엇인지도 상상하지 못했을 것이다. 오십여 년이란 세월, 내 눈에 담겼던 것들이 얼마나 많은가. 눈에 들어왔던 수많은 사람들과 풍경들. 그 많은 것들을 담아냈던 눈이란 그릇은 도대체 얼마나 크고 얼마나 깊은 것인가. 어떻게 눈은 직격의 풍경을 그리 빨리 털어내고 새로운 풍경을 찰나에 담을 수 있는 것일까. 수십 년이 지나서도 떠오르는 풍경들. 그 풍경들을 기억에 각인하기 위해 눈은 얼마나 격렬하게 풍경들을 흡입했던 것일까. 이러한 눈의 힘은 어디서 오는 걸까. 눈을 다친 이후 눈에 대해 생각할수록 눈은 경이롭고 위대하게 다가왔다.

이 년 전. 병상의 어머니는 의식이 가물가물했다. 어머니가 세상에서 가장 예쁘게 보이던 유년을 지나, 어머니보다 더 예쁜 여자들이 보이기 시작했다. 어머니를 배신한 것 같아 미안한 마음 들던 소년을 금방 지난 것 같은데, 어느새 늙어 버린 내가 어머니 눈가에 맺힌 눈물을 닦아 드리고 있었다. 어머니는 홀로 늙은 아들이 배변을 치울 때만 안간힘으로 의식을 회복하는 것 같았다. 병상에 누워 있는 당신의 처지와 상황이 슬픈지, 깊은 밤보다도 더 깊이 나를 뚫어져라 응시했다. 어머니 눈동자는 더 깊이 침잠하며 힘겹게 눈물을 퍼 올렸다. 나를 강렬하게 빨아들이고 있는 어머니 눈에서 세상 모든 언어가 쏟아져 나왔다. 그 앞에서 내 몸은 아무것도 아닌, 단지 '울컥!'이라는 하나의 감정 덩어리가 되었다. 나는 눈은 생명의 단추다라고, 나직이 중얼거려 보았다. 나를 평생 담고 다녔을 어머니 눈동자 단추. 나를 닫고 세상을 닫을 단추. 그렇지만 내 눈에서는 영원히 지워지지 않을 저 작은 단추. 슬픈 마음에 어머니가 거짓말처럼 이 세상에서 가장 가련하고 아름답고 예쁜 여자로 피어났다. 나는 내 눈을 꾹 닫을 수밖에 없었다.

나는 눈을 지켜 주지 못했지만 눈은 나를 지키기 위해 얼마나 많이 애를 써 왔을까 생각해 보면 감사한 마음이 들 뿐이다. 그런 눈을 준 내 어머니가 무량 고마워 가끔 하늘을 올려다본다.

# 창에 대한 단상들

1

월동준비를 한다. 뽁뽁이(에어캡)를 유리창에 붙이고 그것도 부족해 창문 전체를 비닐로 아주 봉해 버린다. 실내 온도를 십육 도에서 십팔 도 씨로 높이고 겨울을 살기 위해 집의 눈을 가린다. 풍경을 감는다. 십이월에서 이월까지 삼 개월 동안 창은 바깥 풍경 배달을 휴업한다. 물론 전적인 휴업을 하지는 않는다. 비닐의 투명성과 얇음을 비상구로 터놓아 빛과 소리의 공급은 가급적 유지시켜 준다.

풍경을 여닫지 않는다고 바깥 풍경이 변하지 않는 것은 아니다. 단지 창의 속성이 벽의 속성으로 기운 만큼–창은 벽에 가까워지고–나와 바깥의 풍경이 단절될 뿐이다. 역설적으로 벽이 완고할수록 창이 더 창이 되는 것과 같이 창을 차단하고 나서 창은 더 창이 된다.

2

닭 울음소리와 부엉이 울음소리가 닫힌 창을 통해 수신되는 강화도 길상면 감목관의 새벽.

자본주의 사회에서 돈은 창인가? 문인가? 부분인가? 전부인가? 이를 부정하고 생활에 스미는 찬바람을 막는 문풍지에 불과하다고 말해 본다. 시건방져, 아직 철이 덜 들었군, 단단한 벽과 좁은 문을 제대로 대면해 본 적이 없는 애송이. 댓글이 꼬리를 물고 달린다.

암, 돈은 창이지. 주머니에 창이 없는 것들이 꼭 빈 털털이 같은 말을 꼬깃꼬깃 품고 다닌다니까. 문풍지 좋아하시네. 그럼, 돈은 문이지. 한번 지갑에 문을 두둑하게 챙겨 봐. 세상 모든 문이 자동으로 자동문이 되지. 내 말이 틀렸다고, 네가 필요한 문을 내가 다 자동이체시켜 준다 해도 그렇게 말할 자신 있어?

그러나, 그래서, 그래도

3

창은 접속사다.

4

창은 풍경을 여는 열쇠다. 풍경을 창문으로 잠가 놓거나 열어 놓는다고 해서 풍경이 내 것이 되는 것은 아니다. 이 열쇠는, 가질 수 있음과 가질 수 없음의 임계점을 재질로 하여 만들어지나 보다.

창을 봉하며, 소원해질, 기르고 있는 개 두 마리에게 미안해져서, 사료를 갖다 주며 덕담을 던졌다.

썰물이 밀물이여, 낙엽이 새싹이니까, 겨울이 봄이라고, 그러니까 너무 섭섭해 하지 말고 내가 한동안 내다보지 못하더라도 서로 공평하게 먹을 것 잘 나눠 먹어라.

"생명체로 살아가며 공평하게 나눠 먹을 수 있는 것은 시간밖에 없어요. 사람들 살아가는 모습 보면 정답과 똑같은 힌트가 보이는걸요. 그런데 왜 창을 안과 밖에서 다 가렸나요. 우리 자존심을 좀 생각해 주신 것도 같고 공범이 된 것도 같네요."

개들의 답은 단호했다.

5

"현재는 과거에 영향을 주고 그렇게 해서 받아들인 과거가 현재에 작용한다. 영향과 작용이 순환하는 역사를 가다머는 '영향과 작용의 역사'로 불렀다."

—《그림으로 이해하는 현대사상》(발리스 듀스, 개마고원) 중에서

정치면이 일면인, 낯부끄러워 할지도 모르는 옛것이 새로워지는 신문을 집어 던진다.

시간이여! 벽도 창도 없는 시간이여!
아니, 벽 없는 창으로만 존재하는 모순이여!

통증은 죽음을 내다보는 창이다.

컷, 드르륵. 낮과 밤이 명함을 주고받는 곳, 창이 있으면 누구나 연출자가 될 수 있다. 창은 벽의 DNA를 가지고 있다. 그러나 벽의 어머니는 창이다. 문이다.

창문을 봉하니 벽의 긴장감이 풀려 보인다.

주어가 있어 소유격이 생기고 고뇌가 태동된다. 살아간다는 것이 우주의 거대한 흐름의 한 부분임을 깨닫는다면, 그저 생명체가 모다 한 숨통임을 깨닫는다면, 생명의 흐름에 일개 점

으로 녹아 서로의 창으로, 접속사로 마음 편안하게 살아갈 수도 있으련만.

9

"음식을 먹으면 셋으로 나뉜다. 그 가장 조잡한 부분은 대변이 되고 중간 부분은 살이 되며 가장 섬세한 부분은 마음이 된다. 물을 마시면 셋으로 나뉜다. 그 가장 조잡한 부분은 소변이 되고 중간 부분은 피가 되며 가장 섬세한 부분은 숨이 된다. 불은 흡수 되면 셋으로 나뉜다. 그 가장 조잡한 부분은 뼈가 되고 중간 부분은 골수가 되며 가장 섬세한 부분은 말이 된다."

– 《우파니샤드》 중에서(《경전으로 본 세계종교》에서 재인용)

음식(흙), 물, 불이 나뉜 가장 섬세한 부분이, 육체의 창인 마음, 숨, 말이 된다니.

음식물의 성질이 마음으로 가는 창, 물($H_2O$)이 산소(O)를 섭취하는 숨으로 가는 창, 불(촛불, 햇불)이 말로 가는 창, 여닫히는 소리 고귀하여 깊어야 할진데, 아, 멀고 멀기만 한.

10

죽음 길의 가로수 고뇌와 통증을 사랑하여 창으로 승화시킬 수 있다면, 허옇게 휘날리는 눈발의 노크와 아지랑이가 경전이 되어 주어, 지금은 닫힌 이 창을 더 맑게 열어 주리라.

# 슬픈 선물

"삼 장사는 잘되쇼?"

"삼 포장할 때 쓰는 이끼 있지. 그 이끼에 이끼가 낄 정도로 잘 안 돼. 이끼에 끼는 이끼나 길러 이끼 장사나 해야 할까 봐!"

지인과 통화를 하며 이런 농담을 주고받을 정도로 손님이 별로 없었다. 설 대목 장사를 하려고 삼을 다량 구입해 놓은, 내가 장사하고 있는 상가의 상인들은 대부분 울상이었다. 작년처럼 구제역이 발생한 것도 아니고 눈이 많이 와 교통이 두절된 것도 아닌데 도통 선물을 포장하러 오는 사람들이 없었다. 상인들은 혀를 차며 불경기를 너나없이 들먹거렸다. 그러다가 택배 신청 마감일을 이삼 일 남겨 놓고서야 손님들이 몰려왔다. 손님들은 선물할 사람들 명단이 적힌 종이를 들고 와, 경기가 좋지 않아 선물할 곳을 줄였고 선물 액수도 줄였다고 했다. 어떤 손님은 상가까지 와 선물 대상을 한두 사람 줄이기도 했다. 힘들지만 억지춘향으로 선물을 장만하는 것 같은 손님을 맞아 상품을 포장하면서 마음이 무거웠다.

"이, 과일 상자 보이죠. 몇 사람한테 과일 상자나 선물하고 말려고 했었는데, 어쩔 수 없이 저렴한 인삼차라도 해야 할 것 같아, 선물을 돌리러 가던 중간에 이렇게 급히 들렸지요. 불경기라고 선물을 안 할 수는 없는 일이고, 오히려 경기가 안 좋을수록 거래처를 잘 관리해야 한다는 생각은 들고 해서요. 그놈의 747이고 나발이고 정부를 믿을 수도 없고 우리 영세 사업자들만 죽어나니……, 나 원 참!"

포장한 인삼차를 들고 배웅을 나섰던 나는 고맙다는 인사를 하려다가 이 정황에 고맙다는 말을 해도 될까 망설여지기도 했었다.

일 년 반 동안 난생처음으로 장사를 해보면서 많은 것을 공부했다. 처음에는 삼 장사가 재미있기만 했다. 크기나 모양새에 따라 다르게 부르는 삼의 이름부터 흥미로웠다. 삼은 큰 것부터 별 둘, 별 하나, 왕왕대, 왕대, 특대, 대, 중, 소, 응애라 부르고 생김새와 사용 용도에 따라 대란, 중란, 소란, 콩란, 믹서, 삼계 등으로 불리기도 한다. 또 재배 방법에 따라 이름이 나눠지기도 한다. 씨앗을 삼밭에 직접 파종해 키우는 삼을 직파삼이라 하고 일 년 동안 모종을 기른 다음 다른 밭으로 옮겨 심는 삼을 이식삼 또는 심은삼이라고 칭한다. 직파삼은 수분이 많아 생으로 갈아먹는 용이나 꿀에 졸여 가공하는 정과용으로 많이 쓰이고 조직이 단단한 이식삼은 홍삼을 만드는 데 주로 쓰인다.

삼 장사들은 삼을 딱 보면 그 삼의 이름이 무엇인지 금방 안다. 수삼을 재는 단위를 채(차)라 하는데 한 채는 칠백오십 그램을 말한다. 한 채에 몇 개가 달리느냐에 따라 삼의 이름이 결정되기 때문에 상인들은 경험상으로 삼의 크기만 보고도 삼의 이름을 알아볼 수 있다. 옛날부터 삼은 금처럼 소중해 금과 단위를 같이했다고 전해진다. 원래 반지란 말은 없었고 가락지란 말만 있었다고 한다. 가락지는 금 두 돈, 칠 점 오 그램으로 만들었고 이게 금의 기본 단위나 다름없었다. 그런데 형편이 어려운 사람들이 가락지를 반으로 쪼개 만들면서 반지란 말이 유래되었다고 한다. 하여간 삼은 가락지의 백 배인 칠백오십 그램을 기본 단위로 하고 이를 한 채라 부른다.

손님과 나 사이에, 사람인자 수백 개 인삼들을 눕혀 놓고 보낸 일 년 반. 장사를 시작하면서부터는 일기예보도, 가게로 기어드는 돈그리마나 거미도 예사스럽지 않았다. 하물며 시장경기 흐름의 좋고 나쁨에야 더 말할 나위도 없었다. 지난여름 긴 장마에 삼들이 상해 삼값이 치솟아 애를 먹기도 했다. 또 이른 추석에 맞춰 캔, 수분 많은 삼이 썩어 낭패를 보기도 했다. 인삼 썩는 냄새는 송장 썩는 내와 같다는 나이든 삼 장수의 말도 전혀 문학적으로 들려오지 않았다. 삼 장사뿐만 아니라 모든 서민들이 점점 살기 힘들어지는 세월이 야속하기만 했다. 몇 해 전, 막걸리 집은 불경기 영향을 안 받느냐고 묻자, 화천은 군민이 사만오천인데 군인들이 반을 넘는다며, 뭐, 군인들 월급이 불경기 타는 것 봤냐고 하던, 강원도 화천의 막걸리 집 노파가 부럽기까지 했다.

설 대목 장사가 거지반 다 끝난 오늘 장부를 정리해 보았다. 이상하게도 작년 설 때보다 매출이 늘었다. 그간 단골손님이 늘어난 영향도 있었겠지만, 불경기라 사업하기 힘들어진 사람들이 많아졌고, 그들이 사업 관계를 유지하기 위해 뒤늦게 지갑을 연 결과일 것 같아, 미안한 마음이 더 들었다. 선물로 관계를 유지하려는 것도 문제가 없는 것은 아니나 그들의 입장에 서 본다면 이해할 수 없는 일도 아니다.

내일 모레면 설날이다. 쌀이 없어 쌀로 가래떡을 뽑지 못하고 싸라기 반 말로 떡을 뽑아 떡국을 끓여 먹던, 그 풀기 없는 떡국을 먹던, 그러나 행복했던 유년의 설날이 떠오른다.

새해에는 모든 사람들이 잘되어, 새해에 복 많이 받고 복 많이 나누어, 선물도 이권과 관계없이 감사의 마음으로 나누는 한 해가 되었으면 좋겠다.

## 어설퍼서 아름다운 춤

동막리 마을 잔치, '저어새가 좋아요'에 갔다. 동네 스피커에서 행사를 알리는 이장의 목소리가 흘러나오고 있었다. 찬 바닷바람이 세차게 불어와 마을회관 앞에 피워 놓은 숯불에서 불길이 일었다. 행사를 준비하는 부녀회원들과 갯벌센터 직원들이 분주히 오갔다.

한파를 뚫고 사람들이 모여들었다. 마을회관 이층에 사람들이 꽉 들어차고 행사가 시작되었다. 지난여름 그물에 걸린 새끼 저어새 한 마리를 어부가 구출해 오고, 이를 넘겨받은 갯벌센터가 이십사 일간 정성껏 보살피며 치료한 다음, 자연으로 방사하기까지의 과정이 담긴 동영상으로 행사는 막을 올렸다. 저어새가 갯골에서 먹이 찾는 것을 먼발치로 본 적은 있어도, 비록 화면을 통해서이기는 하나, 바로 눈앞에서 먹이 찾는 모습을 본 것은 처음이었다. 손잡이 긴 주걱처럼 생긴 저어새의 부리는 조물주가 장난을 친 듯 우스꽝스럽고 귀여웠다. 저어새가 겅중겅중 뛰어다니거나 스케이트 타는 사람처럼 한 발 또 한 발을 쓱쓱 밀고 다니며 부지런히 부리로 갯벌을 휘젓는 모습은 익히 보아 왔지만, 치료차 만들어 놓은 새장 안 고무 대야에서도 부리를 휘저어 미꾸라지를 잡아먹으리라고는 생각지도 못했었다.

저어새는 지구상에 이천여 마리밖에 남아 있지 않은 멸종위기 일급의 새이고 천연기념물 205호로 지정된 새이다. 대만, 일본, 홍콩, 인도차이나, 베트남에서 월동을 하는 저어새는 우리나라(강화도에 구십 퍼센트가 산다)에 사, 유월에 날아와 알을 낳고 새끼를 치며 십일월까지 머문다.

저어새를 연구하는 강사들의 강의가 이어졌고 주민들의 분위기는 사뭇 진지했다. 외국의 경우 저어새를 어떻게 모범적으로 잘 보호하고 있는가를 담은 동영상을 보면서, 외국에 비하면 우리는 너무 푸대접하고 있는 것 같아 부끄러운 마음이 들기도 했다. 이기섭 박사가 보여준 슬라이더 사진 중 사람들에 의해 고통받는 저어새의 모습은 슬펐다. 낚싯줄을 목에 감고 무거운 추를 목걸이 마냥 걸고 있는 저어새의 사진이 뜨자 객석 여기

저기서 낮은 신음소리가 흘러나오기도 했다. 사진에는 큰 낚시 바늘을 귀고리처럼 하고 있는 저어새도 있었고 부리가 부러진 저어새도 있었다. 사람들이 선사한 납 목걸이에 목이 휜 저어새, 귀고리에 피 흘리는 저어새, 유리 조각에 부딪혔는지 하나뿐인 숟가락이 부러진 저어새. 저건 아니라고 저어새처럼 고개를 좌우로 흔들어 보아도 그것은 부정할 수 없는 우리의 현실이었다.

우리나라 갯벌의 면적은 약 육천 제곱킬로미터라고 한다. 이 중 북한 벌이 삼천 제곱킬로미터고 남한 벌은 이천구백 제곱킬로미터인데 남한 벌의 사십 퍼센트는 간척사업으로 이미 사라졌다고 한다.

현대 문명은 부드러운 것을 용납하지 않는다. 땅속에서 철이나 시멘트 같은 딱딱한 것을 캐내어 인간의 욕망을 닮은 수직의 건물들을 세워 올린다. 그리고 땅속에서 석탄, 석유 같은 뜨거운 것을 캐내어, 에너지로 삼아 인간의 욕망을 닮은 속도를 생산한다. 세상은 점점 딱딱해져 수직의 숲이 되고 뜨거워져 빨라진다.

나는 바닷가에 살면서 수직과 수평의 조화로운 결정체를 만나기도 했다. 달의 힘이 수평으로 끌어 준 물을 태양이 수직의 힘으로 건조시켜 줄 때 탄생하는 소금이 그 결정체다. 수직과 수평의 조화로움으로 탄생한 소금은, 수직 성향의 철이나 시멘트와 달라 물에 쉽게 녹으며, 바로 부드러움이 되고 수평이 된다.

현대 문명을 찬양하는 자 입장에서 볼 때 뻘은 얼마나 쓸모없는 것인가. 물러 터져서 층을 이룰 수가 없고 바퀴들을 못 떠받혀 그 위를 내달릴 수도 없으니, 그야말로 무용지물 아닌가. 댐을 막아 조력발전소라도 건설해 전기라도 생산해야 할 시급한 개발 대상일 뿐일 것이다. 얼어죽을 저어새가 다 무엇이며, 얼어죽을 타 생명체와의 상생이 다 무엇이란 말인가. '괜찮아 잘될 거야 / 너에겐 눈부신 미래가 있어 / 괜찮아 잘될 거야 / 우린 널 믿어 의심치 않아'라는 가사의 이한철 노래를 부르며 갯벌센터 직원 여섯 명이 행사의 끝 순서로 무대로 나와 춤을 췄다. 자리가 어색한 탓일까, 쑥스러움을 많이 타서일까, 그들의 춤은 군인들 막춤 비슷했다. 노래 끝 부분에 그들은 목에 걸고 있던 금종이 은종이로 만든 목걸이를 주민들 목에 걸어 주었다. 아마 노래 가사처럼 저어새 보호를 같이하자는, '잘될 거라는' '믿는다는' 의미를 담고 있는 듯했다. 춤뿐만이 아니라 그들의 동작은 연습이 없었던지 일사불란하게 이루어지지 않았다. 안쓰럽기까지 한 그들의 공연은 좀 어설펐다. 그러나 그들의 표정 하나하나에 진지함이 배어 있어, 저어새를 사랑하는 마음을 느낄 수 있어, 오히려 눈시울이 뜨거워졌다. 사람이 나 아닌 다른 사람을 생각하고, 사람이 사람 아닌 다른 생명체를, 더 나아가 무생물을 사랑하는 모습보다 더 아름다운 게 어디 무엇이 있으랴.

행사가 끝나고 부녀회에서 준비한 음식을 주민들과 함께 먹고 있을 때였다.

"형님, 내년에는 고춧대 불태우지 말고 잘 뒀다가 갯벌센터에 가져다가 줘야겠는걸요. 저어새가 집 짓는 자재로 고춧대를 제일 좋아한다고 하잖아요."

동네 동생의 말이 저어새의 부리가 되어 일순, 내 메마른 가슴을 휘저어 준 날이었다.

# 맹모는 억울하다

여름내 빗소리만 줄곧 들려오다가 풀벌레 소리 들려오는 새벽이다. 빨랫줄도 마를 새가 없던 긴긴 비의 날들이었다. 매미 울음소리를 건너뛰고 귀뚜라미 울음소리가 들려온다. 습기에 지쳐 있던 몸이 가벼워졌다. 잠자리에서 떨쳐 일어나 집 밖으로 나선다. 새벽 공기가 서늘한 포옹을 청해 온다. 무성하게 자란 풀에 맺힌 이슬방울이 가로등 불빛에 반짝인다. 징검돌로 놓인 중국산 맷돌에 서서 하늘을 본다. 엷고 맑은 구름이 천천히 달 위를 아니, 아래를 지나고 있다. 태풍의 서막을 여는 구름의 질주에 근심이 얼마나 깊었던가. 부드러운 것들이 부딪치며 내는, 세상에서 가장 큰, 하늘에서 내려오는 소리, 천둥에 또 얼마나 놀랐던가.

그칠 줄 모르고 내리 퍼붓는 비를 보며 청문회(聽聞會)란 말이 떠올랐었다. 그래 이건 자연의 청문회다. 자연이 사람들에게 대답 좀 해보라고 던지는 장문의 질의서다. 인간만 중히 여기는, 인간의 욕망만을 충족시키기 위해서 달려가는 것이, 지구의 평화를 위해 올바른가, 자문자답해 보라는 자연의 노기 어린 말씀 같았다. 이상 기후현상이 계속되고 이러다가 정말 지구가 멸망하는 것은 아닐까, 물이 아닌 불로 심판한다고 했다는데, 지구 온난화 현상이 불의 심판은 아닐까, 하는 생각도 들었다.

하천이 범람하고 산사태가 나자 사람들은 입을 모아 인재라며 미연에 방지할 수도 있었다고 뒷북을 쳤다. 왜 이렇게 자주 폭우가 쏟아지는가를, 근본적으로 반성해 보지 않는 자들은, 빨리 사대강 사업처럼 지천도 인위적으로 정리해야 한다고 호들갑을 떨었다. 구십 년대 말 내가 살고 있는 강화도에 하루 밤새 육백 밀리미터의 비가 왔었다. 몇 군데 산사태가 났었는데 관심 갖고 살펴본 결과, 산사태 난 곳의 공통점은 인위적으로 축대를 쌓았거나 잣나무를 심는 등 자연스럽게 자란 잡목림을 훼손한 곳이었다.

집 앞 도로가에 변압기를 두 개나 단 전봇대가 있다. 전봇대가 커 가로등을 몸 중간에 매달고 있다. 태풍이 오던 날은 혹 전봇대가 집을 향해 쓰러지면 어쩌나 걱정도 되었었다. 풀벌레 울음 여울을 가슴으로 밀며 전봇대 아래로 가 본다.

두꺼비가 보이지 않는다. 가로등 불빛 보고 모여든 나방이나 하루살이 같은 벌레들을 잡아먹으며 여름내 머물던. 올해는 두꺼비의 식탁도 흉년이었을 것이다. 비가 계속 내려 벌레들도 많이 찾아들지 않아 가로등도 외로울 정도였으니까. 어디 두꺼비만 힘든 여름이었을까. 사람들이 늘 우산을 가지고 다녀 아마, 우산 장사 마음도 비에 젖었을 것이다. 고추대가 썩고 벼는 이삭을 못 내밀고 참깨 단을 말릴 곳도 없고 과일은 낙과 하고 농부들 마음이야 오죽 상했을까. 백가지 곡식이 씨앗을 갖춰 놓는다는 백중이 지났지만 아직 물 괸 밭들을 보면 열매 맺은 곡식이 얼마나 될까 싶기만 하다. 두꺼비가 실거주하다 떠난 전봇대 아래에서 맹모삼천지교를 되새기며 맹모의 억울함을 생각해 본다.

아니나 다를까, 이번 청문회에서도 위장전입 문제가 분식점에서 단무지 나오듯 또 줄줄이 나왔다. 단지 교육문제 때문에 어쩔 수 없이 위장전입을 했다고 '맹모삼천지교' 차원에서 봐달라고 변명을 늘어놓았다. 자식들을 위해서는 법을 어겨도 된단 말인가. 맹모삼천지교는 당치도 않게 왜 거기다가 가져다 붙이는 것일까. 맹모가 위법을 하고 자식 공부를 위해 이사를 간 것은 아니지 않는가. 이사를 가야 할 곳으로 이사를 가는 것이 위법이었다면 맹모는 당연히 이사를 가지 않았을 것이다.

"왕께서는 무엇 때문에 이(利)를 말씀하시는 것입니까? 오직 인(仁)과 의(義)가 있을 뿐입니다. 왕께서 어떻게 하면 내 나라를 이롭게 할 수 있을까만을 생각한다면 대부(大夫)들은 어떻게 하면 내 집안을 이롭게 할 수 있을까만을 생각할 것이고, 또 선비나 일반 평민들은 어떻게 하면 내 한몸을 이롭게 할 수 있을까만을 고민할 것입니다. 이처럼 윗사람이나 아랫사람이 서로 이만을 취하게 된다면, 나라는 위태로워질 것입니다."

맹모가 자식의 이를 위해 의를 버렸었다면, 맹자는 위에 인용한 글 같은 사상을 가질 수 없었을 것이다. 자식을 위해서라면 무엇이든 해도 된다는 인정주의에 빠져 우리 사회는 위장전입 같은 위법행위에 대해 너무 관대해져 있는 것은 아닐까. 자식에게 불법을 저지르면서도 당장의 이익을 챙겨 주는 게 과연 현명한 처사일까. 이를 버리고 옳음을 택하는 것이 더 깊은 의미의 교육은 아닐까.

# 가을 들판을 거닐며

오랜만에 들판을 보려고 집을 나섰다. 하늘은 높푸르고 세상은 평화롭다. 세상의 수직한 것들이 수평을 절감해 보았던 태풍. 먼바다 큰 바다에서 태풍은 왔다. 땅속의 뿌리들에게 지상의 몸들을 치열하게 읽어 보라고, 태양조명 끄고 사선으로 내리치는 빗줄기를 흩뿌리며 태풍은 왔다. 수직한 것들의 근심을 일제히 뽑어 올려 주던 태풍. 아, 그 끝도 없이 불어오던 바람들은 다 어디로 갔을까. 티브이 전파가 자연을 생중계하게 만들던 어마어마한 바람들은 홀연 다 어디로 사라졌는가.

가을 들판은 고요하다. 바람소리가 모든 소리들을 다 이끌고 간 듯 들판의 공기는 한가롭다. 걷던 길을 멈춘다. 길가의 들풀들은 별일 없었던 듯 건재하다. 연이은 태풍에 오천여 개의 전신주가 부러져 나갔다고 하는데, 어떻게 저 가는 강아지풀들은 멀쩡하여 머리에 토실토실 영근 씨앗을 이고 있는가. 살 오른 송충이 같은 이삭을 자랑스레 숙이고 있는 강아지풀을 붙잡고 그 비결을 물어본다. 까슬까슬 강아지풀은 답이 없다. 겉으로 보기에는 아무 이상 없어 보여도 기실 풀줄기들도 만신창이로 지쳤을 것이다. 다만 그들은 수직을 얻기 위해 수평으로 이동할 수 없는 식물의 숙명을 긍정적으로 받아들이며 인내하고 있을 뿐일 것이다.

들판으로 간신히 이어진 야산에서 늦은 보리매미 울음소리가 들려온다. 우거진 풀을 헤치고 가, 산에 서 있는 나무들을 일일이 만나 그간 바람의 강도를 줄이느냐고 수고 많았다고 악수라도 청해 볼까. 그러면 나무는 터진 잎맥과 늘어난 물관과 들뜬 껍질 때문에 몸이 시큰거리니, 살살 악수를 나누자고 내게 부탁을 해 올지도 모를 일이다.

산자락이 끝나자 사차선 넓이는 족히 되는 수로가 나타나며 길을 좌우로 꺾어 놓는다. 수로 건너편 논에서는 콤바인으로 벼를 추수하고 있다. 콤바인은 이발기처럼 벼 포기들을 깎으며 논을 오간다. 그렇게 논을 몇 번 오간 콤바인이 코끼리 코 같은 낟알 배출기를 뽑는다. 농로에 대기하고 있던 트럭 짐칸에서 마스크 쓴 농부가 큰 자루를 벌리고 콤바인이 삼켰다가 토하는 벼 난알을 받는다. 그 풍경을 낚시 포인트를 찾는 듯 물을 살피는 차량 한 대가 천천히 지우며 지나친다.

청개구리가 방정맞게 깔깔깔 운다. 청개구리 울음소리가 들려오는 수로 둑에는 쑥부쟁이, 기생여귀, 고마리, 달개비 꽃들이 지천으로 피어 있다. 작은 꽃송이들을 보고 있자 은하수를 보고 있는 듯한 착각에 빠진다. 남빛 달개비꽃을 허리 숙여 들여다본다. 달개비꽃의 꽃잎은 두 장이다. 마치 작은 나비가 날개를 치켜 올리고 있는 것처럼 꽃잎 두 장이 꽃송이의 상층부에 붙어 있다. 어지럽게 펼쳐진 남색 나비 떼로부터 눈을 떼어 둑 아래 물을 바라본다. 수면에 깔려 있는 물방개 닮은 부평초 위에 빈 페트병과 스티로폼 쪼가리들이 올라앉아 있다. 물풀이 없는 곳에는 하늘이 내려와 있다. 구름은 하늘을 올려다볼 때보다 더 입체적으로 보여, 구름이 평면체가 아니라 거대한 덩어리들임을 더 확실히 느낄 수 있게 해준다. 구름은 저렇게 해서라도 자신의 고향인 물로 내려와 보고 싶은가 보다. 하구에서 수로의 물을 빼고 있는지, 물 마르는 소리가 자박자박 난다. 수로를 가로지르는 전깃줄에 밤 낚시꾼들이 던진 바늘과 찌가 걸려 있다.

수로 둑길에서 벗어나 좁은 논둑길로 접어든다. 메뚜기 한 마리가 폴짝 뛴다. 반가워 메뚜기에게 내 소개를 하려고 다가간다. 메뚜기는 그럴 필요 없다고 논으로 도망친다. 개구리 한 마리도 저도 마찬가지라고 논도랑으로 첨벙 뛰어든다. 섭섭해 하며 몇 걸음 걷고 있을 때 다시 메뚜기 한 마리가 뛰어오른다. 자세히 보니 한 마리가 아니라 두 마리다. 메뚜기들은 교미 중이다. 교미 중인 메뚜기에게 실례임을 잘 알지만 가까이 다가가 살찐 허벅지를 한번 보고 싶어진다. 메뚜기가 도망간다. 풀줄기에서 풀줄기로 건너뛰었는데, 풀줄기가 무게를 못 이기고 땅까지 휘어진다. 암 메뚜기가 등 뒤에 올라타고 있는 수놈의 무게를 감안하지 않고 습관대로 풀줄기를 택했던가 보다. 메뚜기는 심기일전 다시 뛰어 풀줄기를 잡는다. 이번에도 풀줄기가 휘어지자 메뚜기는 재빠르게 뒷걸음치며 풀줄기가 굵은 아래쪽으로 내려온다. 그 동작이 하도 민첩해 나는 박수를 친다. 어른들이 나란히 벼를 베어 나오는 반대편 논두렁에서 메뚜기를 잡던 옛 기억이 떠오른다. 어른들의 낫질에 투둑투둑, 프르륵 프르륵 쫓겨 오던 메뚜기 떼. 아이들 여럿이 막고 서서 기다리고 있다가 잽싸게 낚아채 술병에 집어넣던.

다시 논둑길을 걷는다. 콤바인으로 벨 수 없는 논 귀퉁이 벼를 미리 손으로 베어 놓은 곳으로 다가간다. 벼이삭에 코를 대

본다. 벼이삭 익는 향이 차고 시원하다. 논에 물을 대는 고무 호수가 핏줄처럼 논도랑 위에 불거져 있다. 벼 낟알 부딪치는 소리를 들어 보려고 귀를 기울여 본다. 귀뚜라미 울음소리가 들린다. 낮에 우는 귀뚜라미 울음소리는 건조하기도 하고 절절함이 부족해 그 깊이가 얕다.

들판의, 농부의, 농촌의 아픈 현실을 외면하고 산책을 한다. 애써 딴전을 피우며 들판을 걷는다. 언젠가 이러한 산책이 현실을 저버린 산책이 아닌 날이 오길 간절히 빌어 본다.